天使たちの都市

チョ・ヘジン
呉華順 訳

新泉社

천사들의 도시
(CHEONSADEULUI DOSI)
조해진
(Haejin Cho)

Originally published in Korea by Minumsa Publishing Co., Ltd., Seoul.

Japanese translation edition is published by arrangement with Haejin Cho
c/o Minumsa Publishing Co., Ltd. through Japan UNI Agency, Inc.

This book is published with the support of
The Literature Translation Institute of Korea (LTI Korea).

Jacket design by KITADA Yuichiro
Illustrations by ISHISAKA Goro

目次

装画・扉絵　イシサカゴロウ
装幀　北田雄一郎

天使たちの都市

天使たちの都市

1

午後七時、僕らを照らしていた太陽が一歩後ずさり、ゆっくりと地球の反対側に空間移動する頃になると、どこからともなく鐘の音が聞こえてくる、ときみは言っていた。アメリカ中西部にあるミネソタ州の小さな田舎町、ドイツ系とスカンジナビア系の血を引く碧《あお》い目をした人々は、午後七時、町でたった一つの教会の鐘の音が響き渡ると、それが人生における唯一の掟《おきて》であるかのように、重労働で疲弊した体で、歩いてそれぞれの家路につく。きみは五歳のときからその町で暮らした。トウモロコシ畑が地平線の彼方《かなた》まで続き、その町の特産物の七面鳥ですらのろまな地。この世に生を享《う》け天に召されるその日まで、町の境界すら跨《また》いだことのない人々が、復活祭や独立記念日、感謝祭、クリスマスを待ちわびながら一生を消費していた地。時に、その退屈な時間をもてあました老人たちがこめかみにリボルバーを当て、引き金を引いたその地。きみが十五年近くも暮らした地。習慣は、時として人間が、自分の意志ではどうにもならない動物であることを知らしめるバロメーターにもなりえる。その地を離れた後も、きみは午後七時になると荷物をまとめ、どこかに消えてしまいたくなるような衝動に駆られた。人々が家路につくその時間、そのたびにきみには、きみの前頭葉には、言葉以前の感情が渦巻いた。きみはいまでも、その感情がどんなものだったのか、はっきりとは言いえない。その頃のきみにとって、言葉とは恐怖だったから、きみは不安と悲しみ、苦痛と憤り、寂しさと孤独を区別できなかった。きみの言語の体系は、規則などない混乱そのもの。その頃の曖昧さは、月日が流れてもきみに付きまとった。時折、きみがウッドデッキに腰を下ろし、ひたすらトウモロコシ畑を眺めていると、一生涯の間、東洋人などほとんど目にすることもなかった町の老人たちがきみを一瞥《いちべつ》し、聞こえよがしに言った。アジアから来た子どもは二十歳前には自殺するさ。だから、きみがその地で覚えた最初の言葉は自殺——suicide——、あまりにも憂鬱な独白だった。

2

きみはその日、少し遅れてやってきた。授業が始まり二十分ほどして、きみが教室の後ろの扉を開けて入ってきたとき、五人の受講生はすでに十四の基本子音と十の短母音を習った後だった。厳密にいうと、子音と母音を組み合わせてようやく一つの音になる韓国語の特殊性を説明しているとき、きみが現れた。いつものとおり、教室にはさまざまな国籍の生徒たちが座っていた。アメリカ合衆国から来た二人の青年と、中国とアイルランド国籍の女子たち、それに韓国では珍しいハンガリー人の青年も混ざっていた。もらっていた受講生名簿にはアジア人男性の名前はなかったから、きみが誰なのか、わたしにもわからなかった。一番遠く離れた席に着いたきみに、だからわたしは訊《き》くしかなかった。「チャイニーズ？　ジャパニーズ？」きみは鞄《かばん》から教材と筆記用具を取り出しながら、素っ気なく、しかし生まれながらのとしか言いようのない尖《とが》った感性をむき出しのまま、「自分でも自分の国籍がわからない」と、だからそれ以上は訊くなと言いたげな口ぶりで淡々と返事をした。その瞬間、生徒たちは驚いたような顔できみとわたしを交互に見やった。

その日の授業はいくぶん重い空気に包まれた。早く韓国人のガールフレンドをつくりたいアメリカ人の男子たちは子音や母音ではなく、実用的な表現を身につけたくて焦《あせ》り、中国とアイルランド出身の女子たちは授業中ずっと落ち着きがなく、ハンガリー人はいかにも東欧人らしく気が小さくおとなしかった。きみは左側の窓の外を何度も眺め、ぼんやりしていた。やりにくい授業だった。わたしの発音は口の中でもつれる。三か月コースのその講座は、一週間に三日、二時間ずつのカリキュラムだった。三か月で簡単なテストを受けて次のステップに進むことになっていて、たいていはすんなり進級できる。三か月の間、外国人の生徒たちにとってはかなり手ごわい韓国語の子音と母音、厳格なリエゾンの法則、やたらと多い濃音化や激音化といった難解な発音の仕組みをわたしは教えなければならなかった。状況によって変わる動詞の語末語尾の活用、複雑な尊称表現、過去形と未来形の変化、基本的な形容詞の習得、いくつかの不規則動詞の学習、主格助詞・目的格助詞・副詞格助詞・処所格助詞〔副詞格助詞の一つ〕などの的確な用い方が初級の授業内容に含まれていた。十分間の休憩時間、わたしは講師室に戻り、コーヒーを飲みながら自分に与えられた三か月という時間についてしばし深刻に考えた。言語の授業、とくに文法ではない、状況に合わせた表現学習中心の韓国語のクラスは、受講生の雰囲気がそのまま授業の質になる。できることなら、その授業から逃げ出したかった。あらゆることに意欲を失っていたその頃のわたしにとって、新しい面々との退屈な授業は耐えがたいものだった。そのせいだったのか、それともコーヒーの後味の苦さのせいだったのか、暗くなっていた窓ガラスに映る、眉《まゆ》をひそめる自分の顔がいつも以上に疲れているように思えた。

　そのときのわたしは何も気づかないまま、疲れきった様子で窓ガラスにもたれていた。十分の休憩時間はあっという間に過ぎた。あの日、わたしが顔をしかめて見ていたのは、窓ガラスに映った自分の姿ではなく、国籍がわからないと淡々と言ったきみの疲れきった顔だった。それを意識できないまま、記憶の中のわたしはわたしから、いや、きみからそのままゆっくりと背を向ける。

3

初日の不安はわたしの取り越し苦労にすぎなかった。ひと月経つと、生徒たちは驚くほどぐんと距離を縮めていた。彼らの寂しさをわたしは理解することにする。いますぐ誰とでもコミュニケーションの取れる言葉を交わしたいという現実的で切羽詰まった寂しさ、その重みを汲み取ることにする。生徒たちは授業中もかまわず英語でしゃべり続ける。彼らが英語で会話を交わすとき、わたしは教室ではいないも同然の人間になる。

ひと月過ぎてようやく、彼らが毎週金曜日の夜に持ち回りでパーティを開いていることを知った。彼らの六度目のパーティにわたしが招待されたのは、つまり、開講してひと月半が過ぎてからだった。六度目のパーティはアメリカ人のうちの一人、カットの家で開かれた。百九十センチ近くの長身に栗色の巻き毛、オーストリア系アメリカ人、江南《カンナム》の私立小学校にネイティブ講師として在籍中。カットについて知っていたことはその程度だった。

金曜日の授業を終えた夜九時、語学学校からわずか十分のカットの家までわたしたちは歩いていく。わたしたちはみんな、どことなく浮かれていた。生徒の家を訪ねるのは初めてのことだった。ハンガリー人の生徒の姿は見えなかった。敬虔なクリスチャンの彼はパーティ自体を毛嫌いするタイプだと、カットあるいはティム、でなければ中国人女子のパンが言う。耳にイヤホンを挿《さ》していたきみは、五メートルほど後ろからついてくる。相変わらず疲れきった顔で、きみはそこにいる。

パーティは思ったより退屈で騒がしい。彼らについてきたことに、何度となくひどく後悔を覚えた。初めて耳にする電子音楽がコンピュータのスピーカーから絶え間なく流れ、リビングにガンガン鳴り響いている。音楽はどれもきみが選んだものだ。きみはインターネットで見つけ出した音楽をかけるのに余念がない。きみはなんていうのか、まるであまりに幼くして早熟してしまった五歳の子どものよう。年齢も、体も、まだ成長しきれていないのに、現実をしっかり直視しろと世間からの冷ややかな忠告をうんざりするほど聞かされてきた子ども。自分の世界に閉じこもることで他人から自分を守るという術《すべ》をどうにか身につけた少年。残りの面々はリビングのソファとキッチンのテーブルを思うままに行き来し、ビールにウィスキー、テキーラとワインをあおり、氷とコーラ、チーズやビスケットを探し回る。パーティが続き午前零時を過ぎた頃、カットとパンがひと月前から付き合い始めたと、ティムあるいはアイルランド人女子のノラが笑いながら教えてくれる。小さい方の部屋からおかしな煙が立ちのぼり始めたのは、深夜一時を回った頃だった。すでに煙に酔っていたティムが、おぼつかない足取りでその部屋から出てきてわたしに訊く。「チョン、韓国語であれはなんて言うの?」「大麻草《テマチョ》」。興味ないような口ぶりでさらりと答え、目のやり場を探す。その瞬間、リビングでうつぶせになって寝ていたパンが突然身を起こし、驚くほど大きな声で「大麻草《テマチョ》、大麻草《テマチョ》」と叫びながらキッチンへと駆け出す。やがてカットがわたしの前に座る。彼は干からびた青い葉を繊細そうな長い指でつまんで粉々にして、白い紙にくるんでわたしに差し出す。「やってみる?」 彼の目の色は灰色だ。いや、紺碧《こんぺき》。二年前、禁煙にひと苦労したと言ってやんわり断り、それとなく顔を背《そむ》ける。顔を向けた先できみは、射抜くような視線をわたしに向けている。慌ててきみから目をそらしたわたしは、カットの手から奪うようにして葉をくるんだ紙を取り、ひと口、ふた口、深く吸い込む。やがて、体ごと煙を通過させる一つの巨大な管になる。ゆっくりと床に倒れると、異邦人たちのワッハッハという笑い声が耳元で轟《とどろ》く。斜め後ろに倒れ込んだわたしの体は、自分の意志などかまうことなく、ガクガク震え始める。「見ろよ、韓国語の先生《ランゲージチューター》ヤバいぞ」。カットあるいはティムの言葉に、笑い声はいっそうボリュームが上がる。わたしが横たわった場所は湿っている。鳥肌が立つほど冷たく碧《あお》い波が二本の脚と腰、首を湿らせると、ゆっくりと引いていく。どこからともなく、おぼろげな水平線めがけて哀《かな》しい歌を口ずさむ老いさらばえた鳥のさえずりが聞こえてくる。

　目を覚ましたのは二時間後だった。背中を湿らせた、さっきまで甘く爽快だった波の感触と老いた鳥の一生を思わせたビールをティッシュで拭き取り、壁にもたれて座る。その時間、きみは相変わらずコンピュータの前で黙々とインターネットにアクセスし続け、残りの四人の外国人はリビングのソファと二つの部屋にそれぞれあるベッドに横たわり、一日の疲れと一日の寂しさを癒していた。

ほどなく、わたしはきみと一緒にその部屋を出て、真夜中の街を歩く。真夜中の街では至る所で人々が脱ぎ捨てた影たちが身を潜め、こっそりと二人を見守る。灼熱の太陽の下で干からびた影たちは、路上の車の下、マンホールや下水溝の下、あるいは塀や街路樹の裏で一日の疲れと一日の寂しさを癒しているはずだった。そんな真夜中の街で、わたしは初めて、午後七時になるときみの耳元で鳴り響いていた鐘の音の話を聞いた。きみは、そんなときはどんな言葉でも説明のつかない焦りが押し寄せ、本当に十二階のワンルームから飛び降りようとしたことも何度かあったと、平気な顔で言う。「韓国にはいつまでいるつもりなの?」、言葉が見つからないわたしは不意にそう尋ねる。きみは「夏までのつもり。夏が過ぎたら〈City of Angels〉に行くんだ」、そう答える。天使たちの都市、たしかにきみはそう言った。都市の境界の外から巨人たちが息を吹きかけると湿った風が吹き抜け、天上の雲では神々が賽《さい》を振り、生まれくる命と死にゆく運命を占う都市。ときどき地上の人々が黄金色の矢を打ち上げると、矢に当たった無数の星たちが巨人の息遣いに押し流されて地上の木々や草の葉の露《つゆ》となり、四六時中、翼をつけた馬や羊たちが宙を舞うおとぎの国のような都市。きみの一歩後ろで、無言で想像し続けていたとき、振り返ったきみは、そこで残りの人生を過ごすつもりだと告げた。韓国はそこで暮らす前に立ち寄っただけの場所、もう二度と後戻りできない場所に行くと決意したら誰しも一度くらいは故郷を訪れてみたくなるもの、きみはそう話すと前を向き、しっかりした足取りで歩き始める。その夜、わたしたちはお互いの影を見ていない。夜が明け、通りに早朝の車が走り始める頃、わたしときみは軽く握手を交わし、同時に背を向ける。

4

パーティはその後も毎週金曜日の夜に開かれたが、わたしはもう彼らのパーティには参加しない。きみも、彼らについていかない。その代わり、わたしたちは金曜の夜になると歩く。江南《カンナム》駅から宣陵《ソンヌン》駅〔どちらも地下鉄二号線の駅で二駅離れている〕まで、ふたたび三成洞《サムソンドン》と清潭洞《チョンダムドン》〔どちらも江南エリア〕方面に二人はあてどなく歩く。

一緒にいても二人の言葉は乏しい。きみは韓国語を習い始めてまだ二か月の初級で、わたしの英語の発音は誰が聞いても救いようがなかったおかげで、わたしたちはしばしば、お互いの話が理解できない。だから、わたしたちの言葉は足りないだけでなく、いつもひ弱で無力だった。いや、言葉なんてはじめから自分の思いに沿わないものってことに、わたしはきみに出会ってようやく気づいた。感情を見透かした言葉などなくて、だから刹那に存在する無限大の感情は、精製されつくした果てにたった数個の単語となって不透明に、未完成のまま発話されるものなのかも。ときどき、わたしはきみに、自分がもう三十二歳であることを、三十二歳が持つ意味を、うまく説明できない。きみを求めてはいけないという意識と、きみに触れたいという欲望がわたしの内側で衝突するとき、わたしは立ち止まり深呼吸する。最後の最後まできみに触れまいと、わたしは必死に耐える。そしてその果てに、冷たい嘲笑が致命的な毒となり、ヒリヒリと舌先を包み込む。見えない場所で萎《な》えた体を横たえている影たちまで、一斉にわたしへの笑いが爆《は》ぜる瞬間。幾度となく、わたしはきみに、三十二歳のわたしが十九歳のきみに会うとき、一定の罪悪感が伴うことをうまく説明できない。わたしには未来がないということを、きみは決して納得できない。

5

ある日、夢から覚めると同時にわたしはうずくまり、乾いた泣き声をあげた。驚いたのか、反射的に身を起こしたきみは、慌ててスタンドの明かりをつけ、水を持ってきてくれる。黙って背中をさするだけで、きみは何も、訊かない。かつて誰よりも親しいと信じていた人が夢に現れた、でもわたしの横を通り過ぎるその人の目は、わたしのことなどまったく覚えていないようだと、わたしはいつの間にか韓国語でしゃべりだす。やっと基本的な動詞と使用頻度の高い形容詞をいくつか覚えたばかりのきみには、まったく聞き取ることのできない韓国語でしゃべり続けているのに、きみはそれでも何も訊かない。普段はなんでもないのに、ひと月に一、二度、数十回、時には数百回、同じ番号に電話をかけ続けるわたしを見ても止めなかったように。わたしからの電話を避けているのは明らかなのに、電話の前でうずくまり、狂ったように相手の電話番号とリダイヤルボタンを代わる代わる押し続けるわたしの後ろ姿を黙って見守るだけで、いったい誰にそんなにかけまくるのかと訊かなかったように。

考えてみると、わたしもきみに、なぜ生みの親を捜さないのかと訊いたことがない。親に会うつもりも、韓国で暮らすつもりもないくせに、どうしてここまで来て韓国語を習っているのかと深く問うたこともない。きみはそのときまで、養子縁組斡旋《あっせん》機関を訪ねて家族を捜すこともせず、手帳が替わるたびに必ず書き写してきた生まれ故郷の住所を訪れることもなかった。実の親を捜し出してくれる闇ブローカーに依頼することもない。しかも、他の英語ネイティブのように語学講師のアルバイトで楽に稼ごうともしない。きみはただ、アメリカから持ってきたわずかばかりの滞在費を節約しながら貧乏暮らしを続ける。親子関係解消の覚書きと養子縁組同意書に判を押し、五歳のきみを飛行機に積んで地球の反対側に郵送したきみの生みの親はだから、きみが思いのほか近くにいることなど想像できない。訊かず語らずの沈黙、その固い沈黙の縁《ふち》の中で二人はふたたび眠りにつく。

6

六月になると、生徒たちは韓国語の授業に少しずつ興味を失っていく。彼らは英語に置き換えられない韓国語の特殊性に苦戦する。初めは〝하다《ハダ》〔する〕〟のつく動詞がどうして名詞との分離が可能なのか、つまり〝공부하다《コンブハダ》〔勉強する〕〟がどうして〝공부를 하다《コンブルル ハダ》〔勉強をする〕〟になりえるのか、彼らには不可解だ。〈play〉の意味を持つ〝놀다《ノルダ》〔遊ぶ〕〟があるのに、なぜ〝축구를 하다《チュックルル ハダ》〔サッカーをする〕〟になり、〝피아노를 치다《ピアノルル チダ》〔ピアノを弾く〕〟になるのかとわたしに質問する。服は〝입다《イプタ》〔着る〕〟なのに、なぜ帽子は〝쓰다《スダ》〔被る〕〟で靴下は〝신다《シンタ》〔履く〕〟なのか、時計を〝차다《チャダ》〔はめる〕〟や指輪を〝끼다《キダ》〔はめる〕〟といった特殊なケースはなぜこんなに多いのかと、彼らは自ら答えを見つけられず、しだいに意欲を失っていく。数多くの母音の縮約と、しきりに現れる不規則動詞で彼らの絶望感は高潮に達する。難解な助詞の数々、これまでに経験のない複雑な尊称表現、〝いち《イル》、に《イ》、さん《サム》、し《サ》〟と〝ひとつ《ハナ》、ふたつ《トゥル》、みっつ《セッ》、よっつ《ネッ》〟に分かれている数字の体系、一つひとつ状況によって使い分けなければならない、似たりよったりの未来と推測の用法も彼らを混乱させる要因になる。

まずはオーストリア系アメリカ人のカットが授業に出てこなくなった。その後すぐにカットの彼女、中国人女子のパンの欠席が増えた。二人の友達のティムとノラの遅刻と欠席も頻繁になる。午後七時、教室の扉を開けて中に入ると、ハンガリー人のタマーシュときみ、二人だけが座っている日が増える。六月の三週目の月曜日、ついにきみだけが座っている教室をわたしは経験する。きみは、あと十分だけ待とうと言う。わたしたちは無言で二十分待つ。七時二十分、わたしは何も言わず教室を抜け出し、講師室に入る。状況を知った校長が講師室まで追ってきて、生徒がたとえ一人でも授業はするべきだと促す。しかたなく席を立ち、教室に足を向けるけれど、扉に伸ばした手が動かない。わたしたちにはわかっていた。二人きりの言語の授業は成り立たないということを、先生と生徒という二人の関係を監視し、喚起させる視線があってこそ、知識を伝え、教わるというそれぞれの役割が完成するということも。しかし、それさえも、わたしたちは言葉を介して確認しようとはしない。来月も受講登録する生徒が三人以上にならなければ、いずれにしても私のクラスは閉講になる。きみは新しい講師を選ぶことになる。

残りの一時間三十分の間、わたしたちはひとことも交わさず、その教室にじっと座っている。温《ぬく》もりがないこともないけれど、かといって熱いというほどでもない、冷静な沈黙が二人を包む。九時になるとすぐに教室を後にするわたしたちは、いつもどおり、同時に互いに背を向ける。きみは語学学校の外へ、わたしは講師室に、それぞれの道を行くことに集中する。その夜、きみはわたしの独り暮らしの部屋に来ない。

それからかなり長い月日が流れてようやく、わたしは出勤の途中、その日だったことに気づく。いつものように、テイクアウトしたコーヒーを片手に横断歩道を小走りに渡っていたわたしは、誰かに襟首《えりくび》でもつかまれたかのように、ふとその場に立ちすくみ、その日のことを考える。あの日を境に、わたしたちはまた他人に戻るために、独りになるために、練習していたのかもしれないと。けれど、それもまた、なぜその日なのかをわたしはきみにうまく説明できない。三十二歳でも五歳の恐怖を感じるときがあることをうまく表現できなかったように、自分の気に入った音楽を選んで聴く行為すら評価の対象であるかのように、他人の目を気にしているきみを見るのはいたたまれなかったと言えなかったように。いつの間にか信号が変わり、わたしは横断歩道の真ん中でひとり佇《たたず》み、我に返る。車のクラクションの音、人々の無関心のようでいて驚いた視線、とにかく進まなければならないのにどこを目指すべきかわからないもどかしさ。鐘の音を聞いたのはその瞬間だったろうか。幻聴と現実を隔てるたしかな地点が表現できるような言葉など、わたしにはない。ただ、わたしはきみが去って三年経ったある日、そんなふうに無力でひ弱な言葉に頼り、どうにか思いを巡らすだけだった。あの日、わたしたちはたしかに、卑怯だったと。お互いに必要だったのは思いやりと偽った沈黙ではなく、触れれば感じることのできる体温だったことに、どちらも気づかないふりをしていたのだと。わたしときみは卑怯の代償として、お互いを深く理解しなくてもいい、だから他人《ひと》の地獄を味わわなくてもいいという都合の良さを得たのだと。それから急いで横断歩道を渡りきり、手にしていたコーヒーを飲みながら、いつしかのあの日のようにわたしは顔をしかめる。だけどその日も、わたしはきみに返事を書けずにいる。

7

クラスが閉講になると、表面的には会う回数が増え、そのおかげで以前より距離は縮まる。しかしお互いについてよく知らないことに変わりはない。わたしはきみがいつまで韓国にいるのかを聞かされてなく、きみはときどき冷や汗をかきながら悪夢から目覚めるわたしの湿った額を眺めるだけで、以前と変わらず何も訊かない。

ある日、わたしはきみの手帳を盗み見る。わたしはただ、遠い昔、きみが呼ばれていた韓国名だけでも知りたかった、ただそれだけだった。わたしがきみの名前を見つける前に、きみの手帳を開いたわたしをきみが先に見つける。わたしの背後できみの眼が、いったいどんな感情で曇っていったのか、わたしにはわからなかった。きっと、きみ自身も自分の理性を麻痺させていったその感情の実体などわからなかったはず。行動に対する自分自身の意識すら見失ったまま、きみはわたしのもとへと一歩一歩近づいてきて、わたしの頭を殴打する。痛いという感覚より、きみがわたしを殴ったことが真っ先に刻まれる。きみがわたしを殴った事実より、きみのその鋭さはどこに起因しているのかという疑問がまず、いまのわたしを襲う。一回、二回、三回……。三度殴られると額と頬に感覚がなくなるのを覚えた。最後にきみの手がわたしの頬を打つ。わたしはそのままドアに向かって倒れ込む。

三十歳を過ぎると、わたしは人と人との関係から生まれる言葉のうち、運命や必然、信頼や真実といった類の単語を消去していった。そんな言葉から流れ出る感情はいつだって冷ややかで感覚を持たない。時折、わたしは別の方法で自分の感情を消費していた。未来に対する過剰な不安や他人に対する不必要な執着が当時のわたしにはあった。不安と執着の共通点は、絶対に現実を裏切らないということではないだろうか。昨日よりさらに大きな不安をかき集めて未来に賭けてみても、現実はそれよりも大きな絶望を用意していて、昨日の昨日よりさらに強烈な執着で自分自身を消耗しようとも、実際に手に入れられるのはわずかばかりの空気だけ。もしかすると、わたしは二人の関係が回復不能なまでに悪化するような、そんな出来事が起こることを望んでいたのかもしれない。それ以上の大きな絶望とそれ以上の深いむなしさを回避するために、わたしは愚かな熊のように身をすくめ、じっと待っていたのかも。わたしに未来がないように、二人の関係にも未来はなかったから。そしていつものように、致命的な毒のようにヒリヒリと舌先に伝わる冷ややかな嘲笑。だからわたしは、きみに頭と顔を殴られてドアの下でうずくまり、怯《おび》えた被害者面して未来を脅していた、あのときの自分をいまなお許すことができない。

やがて、きみがわたしを抱く。わたしの頭を胸に抱え、きみは泣く。泣くという行為も、言葉と同じくらいあやふやだと、その瞬間、わたしは思った。わたしはきみの熱い涙に代わりうる感情、いや、言葉を見つけることができなかった。きみはずっと「ごめん」と言ったけれど、「ごめん」というのはわたしを殴ったきみの行為に対する言い訳にすぎず、根源にあるきみの欠乏感の説明にはなっていない。きみの欠乏感が、なぜわたしを殴るという行為にまでつながったのかも、「ごめん」ではわからなかった。きみはいつまでも泣き続ける。わたしは、きみを理解すると言う。けれど、わたしを殴った行為に対する理解なのか、わたしを殴るしかなかった傷ついたきみを理解できると言ったのか、ただ、きみを慰めるために即座に口をついて出た言葉にすぎなかったのか、わたしにもやはりわからなかった。

その夜、わたしはきみの荷物をまとめる。数枚のTシャツとジーンズ、辞書や韓国語関連の教材が数冊と、いくつかの洗面道具、きみの荷物は二枚の紙袋にすべて収まる。きみはその間、ソファに座り、わたしを見ている。二つの紙袋を玄関前に置くと、きみは鞄をそっと肩にかけて玄関で靴を出して履く。両手に紙袋をつかんだきみは、最後まで何も訊かずにわたしの十二坪のワンルームを去る。きみがわたしの部屋から持ち出したものは、たった二つの紙袋だったけれど、きみを失ったわたしの部屋からは、時間が砂粒のように風に吹き飛ばされていく。ぱさつく乾いた時間、過去に逆走する時間は常軌を逸したように猛スピードで疾走する。わたしの部屋はいつしか、きみに出会う前に逆戻りする。きみがアメリカ行きの飛行機に乗せられた十四年前のある日の夕方、悪夢から目覚めたときのように、乾いた産声をあげながら母親の純潔な股間に顔を覗かせた瞬間、ううん、まだ形づくられる前の闇のような時間……。でなければ巨人と神々が暮らしていた、太初以前の伝説のような日々、万物が言葉を交わし、羊や馬にも翼のあった、はるか遠い昔、感情の機微を崩壊させる言葉などどこにも存在しない、そんな時代。二人が赤の他人だった大昔、表現されえないものを表現できない言葉で表現しようと努力する必要のなかったあのときのように、わたしは独り夕食をとり、独り眠りにつく。

8

彼らは夜九時、夜間クラスが終わった直後に語学学校にやってきた。新たに受け持った夜間のクラスには中国人と日本人が多い。中国人と日本人の生徒たちにやっと韓国語の子音と母音を教えたばかりのその日、男たちが足音を忍ばせてわたしを訪ねてきたのだ。令状はないが、わたしには捜査に応じる義務があるという。講師室にいた六人の講師たちと校長が驚いた顔をあらわに、わたしと男たちを固唾《かたず》を呑んで見守る。

夜ではあったが、街はその時間まで真昼の猛暑をそのままはらんでいる。どこにいても息苦しい湿った熱気がはびこり、そこでは人々が魂の抜けた呪術師のように無表情に街を歩く。待機していた黒塗りの車に乗ると、蜃気楼のようだった世界がゆっくりとわたしの背後に退き、自ら扉を閉ざす。太陽とともにしばらく姿を消していた影たちが一つ、二つと現れ、もの悲しそうな顔でわたしを見送る。

警察署内の隅に置かれたパイプ椅子には、ひと月前、あるいは二か月前から姿が見えなかったカット、パン、ティム、ノラが並んで座っている。わたしを目にした彼らの反応はさまざまだ。カットは中腰に立ち上がり、パンは落ち着かない様子で周りをきょろきょろする。ティムはわたしから目を背け、ノラは絶望的な目でわたしに無言のSOSを出す。わたしは腕をきつくつかまれたまま、スチール製の机の前に座らされる。ここからは、照明は机を挟んで向かい合わせのわたしと四十代半ばの男だけに絞られるのであろう。四人の外国人は観客のように、わたしの息遣いひとつにも耳をそばだて、行き交う多くの人々は写実的な背景のように自分のすべきことだけに没頭し、金曜の夜の警察署の雰囲気づくりに努めることだろう。

男は最も基本的な質問から始める。彼らをご存じですか？　うなずく。同時に男が書類の束をスチールの机に叩きつけながら苛立《いらだ》った声をあげる。おい、口きけないのか？　ここでは沈黙は禁句。わたしは頭《かぶり》を振り、ゆっくりと口を開く。わたしの教え子でした。わたしが答えると同時に男の質問攻めが始まる。あいつら、いつから知ってるんだ。最後に会ったのはいつですか。一週間に何回会ったんだ？　個人的に会ったことは？　何度もパーティを開いたようだが。誰の家でだ？　男は敬語とタメ口を行き来しながら矢継ぎ早に質問を浴びせる。そのたびにわたしは、二か月前、一か月前、授業は一週間に三回、パーティの出席は一回、カットの家、まるで正解が決まっている数学の問題を解くかのように、即座に簡潔に答える。やつらと大麻やりましたね？そして直《じき》に登場した相手役の決め台詞《ぜりふ》。決定的な質問の瞬間、男は突然、余裕を見せる。

わたしは、落ち着くのよと自らに言い聞かせる。いまこの瞬間、自分を守れるのは自分しかいないのだから、強くなるのだと。いいえ、さっきと同じように、いかなる感情も込めずにひとことで答える。おい、お嬢さんよ。ここで嘘ついたら刑が重くなるの、知らないのか？　未婚だろ、結婚前に前科持ちになってもいいのか？　ここでは嘘イコール犯罪。だけどわたしはもう一度、同じ返事を繰り返すだけ。いいえ、大麻は吸ったことありません。血液とか毛髪の検査したら、へたすりゃ六か月前の大麻まで出ちまうぞ。わかってんだろうな？　男の半分脅しの質問にひっかかってはいけないと、いまはまだ乾いた涙を流しながら目覚める時間ではないと、それまでは歯を食いしばってこの悪夢に耐えなければならないと、今度はさっきより穏やかに自分をなだめる。だったら検査してください。わたしはそう言いながらちらりと四人の外国人に目をやる。やはり彼らの反応はさまざまだ。肩を上げてみせるカットに、声には出さないが、たしかに韓国語で大麻草《テマチョ》と口を動かすパン、今度もわたしから目をそらすティムと、つらそうに額に皺《しわ》を寄せるノラ。彼らを理解することにする。この場の不明瞭な言葉に戸惑う彼らの不安を、わたしを巻き込むしかなかったその瞬間の絶望を理解する。もちろん、「理解する」という言葉の無力さを誰よりも知るわたしの声は、いたずらにその言葉の殻の中に入ることはない。彼らからどうにか視線をそらし、わたしは男のように、いや、男よりずっとゆとりを見せながら言う。もしよろしければ、証人を呼びたいのですが。

男の顔にわずかに嘲笑が浮かぶ。バッグから二つ折りの携帯電話を無造作に取り出し、開いて番号を押す。二週間ぶりの電話だ。二週間ぶりに通話したわたしたちは長くは話さない。きみは一時間後に警察署に到着する。

きみと男の間に通訳がつく。きみと男が通訳を介して話をする間、わたしは別の刑事に連れられて密室に入り、その男に髪の毛を数本抜いて渡す。その後、待機していたまた別の刑事とともにトイレに行き、尿を採取する。プラスチック容器に入った、かすの混じった黄色い尿を眺めながら、わたしはトイレの壁にもたれて長い間笑う。ふと、洗面台の鏡に映った顔を見る。唇は死力を尽くして笑っているのに、眼は充血して表情はひきつっている。その瞬間、コーヒーの苦さに顔をしかめつつ、きみの疲れた顔を思い起こし、ひと口の未来を抱いた、けれどそれすらも自ら吐き捨てるであろうことを信じて疑わなかった、きみに初めて会った日のわたしの顔が鏡の中でオーバーラップする。

トイレを出てふたたび密閉された部屋に戻る途中、きみの声がまるではるか遠くから聞こえてくるかのように、わたしに届く。けれど、密室に入ってドアを閉めるわたしにその姿は見えない。男の机の横にあったきみの黒のスーツケースと、バッグの中に入っていたパスポートとソウル発LA行きボーイング747のチケットなど見通せない。ドアを閉める寸前、金曜の夜のパーティでのように、わたしを凝視するきみの視線もわたしには見えなかった。その後、わたしたちは二度と会えなくなることになど、まったく気づきもせず、記憶の中のわたしはまたもきみからゆっくりと背を向けている。

9

不安と執着が現実を裏切らないように、日常もわたしを裏切ることはない。わたしの暮らしは三年前と変わらず、その代わり映えのしない景色はわたしが生まれたその日から、寸分違わず再現され続けてきた。ときどき、自分以外の人物がすでに一度経験した人生を、その人がうんざりして投げ出した人生を代わりに生きているのではないか、そう思うこともある。

記憶に残るいくつかの出来事もあったけれど、繰り返される日常の中では、それすらささいなことにすぎない。そのささいなことの中には、カット以外の三人の外国人が令状実質審査〔韓国の刑事訴訟法上の制度で日本の勾留質問にあたる〕により在宅起訴になったこと、大麻だけでなくエクスタシーや覚醒剤にも手を出していたカットだけが二年の実刑判決を受けたこと、嫌疑なしとなったわたしも二度とあの陰気な警察署に行かずに済んだこと、そんな出来事も含まれる。担当の刑事によると、どの検査も陰性だったのと、仮にわたしが大麻を吸っていたとしても、状況と証人の証言から判断すると、タバコと勘違いして吸った可能性が高いことから、それ以上の検査を省略して最終的に嫌疑なしになった。わたしは最後まで、担当の刑事に、きみがわたしのために証言した内容について訊かない。その夜、ＬＡ行きの飛行機をあきらめて警察署に来たきみが、証言を終えてどこへ行ったのかも訊かない。その日以降、きみからの電話はなく、わたしもやはりきみに電話をしていない。時間は立ち止まることなく流れる。そして三年が過ぎたある冬の日、わたしは郵便受けに一枚の葉書を見つける。

10

親愛なるチョン。それが書き出しの言葉だった。英語ではなく韓国語で綴られている。読むのにひと苦労するひどい字で、ところどころ綴りも間違っている。階段に腰を下ろして手袋を外し、長い時間をかけて、わたしはゆっくりときみからの葉書を読む。

きみはＬＡのコリアンタウンに暮らして三年になる。三年の間、韓国人が経営する大型スーパーできみは食料品のレジを打ち、カートを運び、時にはフロアを掃除する。二十二歳のきみには、満一歳を過ぎたばかりの娘もひとりいる。子どもの名前はブレンディ、韓国名はチョンア。親愛なるチョン。きみはもう一度そう綴る。断りもせずにあなたの名前を付けて、ごめん。いまでもときどき夢を見るの？　きみは訊く。わたしは答えない。かつてのようにきみとわたしの間には堅固な沈黙が流れ、時間をおいてようやくきみはふたたびゆっくりと綴る。愛するチョン、そして僕はあなたを忘れない。最後にかすかに残されたその一行を読むと、わたしは息を吐き、目を閉じる。

何度も返事を出そうとしたけれど、わたしは結局、一行も書くことができない。相変わらずまったく同じシーンが演出される悪夢を見て、乾いた泣き声をあげながら目覚めるときは、引き出しの中のきみの葉書を取り出しては読み返す。読み終えると、習慣のように差出人の住所欄に書いてあるＬＡ、その地名を声にしてみる。ＬＡ、〈Los Angeles〉、エンジェルたち。きみといた頃はずっと天使たちの都市だったのに、きみが去った後は、単なる都市の名前になってしまった。都市の外をうろつく巨人や天上の神々には会ったのか、訊いてみたいと思うこともある。黄金色の矢に当たって落ちた星や、わがもの顔で天空を飛び交う馬や羊たちは元気かと、あいさつしたくなることもある。何より、その地でも午後七時になると耐えがたい焦燥感に駆られるのではないか、ううん、そんな感情を表現する言葉をいまもまだ見つけられずに、あてどなくさまよってはいないだろうか、わたしはやっぱり気がかりだ。けれどやはり、一行も書き進めることができない。

たった一度、意を決して返事を書こうとしたこともあった。電気スタンドをつけて机に座り、わたしは書く。親愛なるデン、葉書、ありがとう。しかしその一行だけで、便箋にはすぐに分厚い沈黙だけが積み重なる。数えきれないほどの単語と文章が指先から滑り落ちると、ようやくわたしはそっとスタンドを消す。布団に入ると、便箋に綴られなかった文章が、真っ暗な天井に一文字ずつ浮かび上がる。親愛なるデン、きっとわたしはこう書きたかったのだと思う。きみといた頃、わたしは五歳のきみを何度も見たと、何度もアメリカの田舎町にある典型的なウッドデッキに腰を下ろし、果てしなく続くトウモロコシ畑を見渡しながら天使たちの都市を想像したものだと、できることなら、きみと一緒にどこへでも行ってしまいたかったと、それだけが、それだけはいつだって偽りではなかったと。

そして、一週間

水曜日

近所の大学病院で受けたＨＩＶ検査の結果が出た。担当医は、さらに精密な二次検査を行うために、採取したわたしの血液を国立保健院に送ることにする、一週間後に出るその結果で陽性かどうか確定するので、そのときは本人が来院するように、と淡々と告げる。大げさなジェスチャーを交えるでもなく、大騒ぎをするでもない三十代の若い医師の冷静な態度が気に入った。

大学病院を出て、病院から一番近い食堂に入って餅餃子スープ《トックマンドゥグク》を注文した。食べ終えると、バッグからウェットティッシュを取り出し、自分が使ったスプーンと箸をしっかり拭いた。食堂を出て家まで歩く間、めっきり冷たくなった風が吹いた。今週末にはクローゼットにしまってあるウールのコートとラビットファー《兎の毛皮》をあしらったダウンジャケットをクリーニングに出さないと、とふと思った。

団地の十八坪の自宅に着いて玄関の鍵を内側からかけると、いつものように、この世界の巨大な扉を自らの手で閉じているような不思議な感覚が押し寄せた。チェーンもかけて振り向くと、センサーライトがついた。ようやく舞台裏に下りてきたような安堵感、あるいは世界の外側、余分の空間に追いやられたようなむなしさ、ここに入った瞬間の感情は、いつもどおり、どうとらえればいいかわからなかった。

　頭痛がしたので机の引き出しからアスピリンを出して飲んで、午前一時まで三十秒に一度チャンネルを回し続け、テレビを見ているうちにソファで眠ってしまった。テレビは朝七時、携帯電話のアラームの音に驚いて目を覚ますまでつけっ放しだった。チャンネルは朝のニュースが放送されるKBS1に合わせてあって、ちょうど朝刊の一面記事を紹介するコーナーが始まった。いつもどおり、仕立てのいいスーツを着こなし、安定した声で記事を読み上げるLをわたしはしばらくの間、じっと見つめた。

　すきっ腹にバージニア・スリム《メンソールタバコ》を急いで一本ふかしてからバスに乗って出勤した。

木曜日

レギュラーコーヒーのシナモンのような香りに、チーフがひとりで十分以上わめきたてる朝の会議、ひっきりなしに鳴り響く電話の音、コピー機とプリンターのトナーが回転する音で一日が始まる。わたしが担当するプロジェクトの進捗状況やその他の案件を文書で報告しろと言う上司、社外文書や広報資料《ブローシャー》の草稿《ドラフト》に目を通してほしいという新入社員を相手にしていると、午前中はあっという間に過ぎてしまう。

昼休みには同僚たちと連れ立って会社の前にあるキムチ鍋の専門店に入った。キムチ鍋は一つのテーブルに一つずつ出され、個人の取り皿があったけど、数人の同僚は鍋に自分のスプーンを直《じか》に入れて汁をすくって飲んだ。食欲がないのはかなり前からで、汗や唾液のような体液には危険性はないと冷静な医師は言ってくれたが、何食わぬ顔でその場に居座って同僚たちとキムチ鍋をつつくわけにはいかなかった。罪悪感を感じて、というよりは罪悪感を感じる自分に耐える自信がなかったからだったと思う。急にお腹の調子が悪くなったと言い訳して食堂を出て、パン屋でサンドイッチと牛乳を買ってオフィスに戻った。

午後二時頃には担当する広報プロジェクトのクライアント企業から数人が訪れ、わたしはノートPCをレーザープロジェクターにつなげて、一週間で必死に仕上げた企画案のプレゼンテーションをした。ミニマリズムを謳《うた》っているメンズアパレルメーカーに、鞄《かばん》や靴などのアイテムで新ブランドを立ち上げる際に、最も適したプロモーションの方法を提案する企画書だった。反応は、とびきり良くも、深刻なほど悪くもなかった。プレゼンの後、ほとんどがデザイナーの先方の社員たちに、帰りにビールでも一杯どうかと誘われたけれど、わたしはできる限りの礼を尽くし、遠慮することをどうにか伝えた。ソ課長、彼氏でもできたんですか？　資料の整理をしていたわたしに、誰かがそう訊いてきた。わたしはこの都会に生きる婚期を逃した他のシングルたちと同様に、ノーでもイエスでもない含み笑いでお茶を濁した。

一日に一度はオフィスにやってくる外部の営業マンたちも当然いた。今日はカード会社の営業マンだった。四十代半ばくらいの男は、声がやたらと低かった。クレジットカードを作りませんか、と訊く男の声は「神を信じますか？」や「救われたいですか？」といった言葉が持つような、ある種の悲壮感すら漂わせていた。わたしは首をぴんと伸ばし、パーテーション越しに立っていたその男をぼんやり見上げた。営業マンにしては表情があまりに乏しく蒼白だった。

——ええ、お願いします。

ついそう言ってしまうと、男は微笑すら見せず仏頂面でSカード会社のパンフレットとカードの申込書などを書類バッグから取り出した。記入した申込書を渡しながら、お茶でもどうかと勧めると、男はようやく、一瞬驚き顔でわたしに目を向ける。いただきます、間をおいてから男はやはり抑揚のない低い声で答えた。

わたしは男を冷蔵庫とシンク、コーヒーメーカーやウォーターサーバーなどがある給湯室に連れていった。給湯室にはちょうど人がいなかった。中から鍵をかけて換気扇を回して窓を開けてから、持ってきたポーチからシガレットケースを取り出す。男はテーブルの椅子に腰かけ、わたしがタバコを吸いながらコーヒーを淹《い》れる姿を黙って見ている。

――わたしも十年くらい前は、こういう立派なオフィスで働いてましたよ。

テーブルにコーヒーを置くと、男はいくらか自嘲気味な声でそう言った。わたしは男の向かいに座り、水で湿らせたティッシュにタバコの灰を落としながら、意味もなくうなずいてみせた。

――当時も女性社員はトイレや非常階段でこっそり吸ってましたよ。あの頃はアナログの時代でしてね。時代がいくら変わっても、女性社員が人目を避けてタバコを吸うのは変わらないんですね。

――最近は男の人も隠れて吸ってますけど。

わたしはそう言いながらなんとなく笑った。男はいまだ無表情のままだ。タバコを吸い終えると話すことがなくなる。たしかに、わたしたちは同じ空間にはいるけれど、十年というタイムラグでそれぞれ別の領域にいる、あえてたとえるなら、タイムマシーンに乗る前の世界とその後の世界に生きている別の時代の二人だった。

――ひとつ訊いていいですか？

――カードの限度額とか割引の特典に関する質問ではなさそうですね。

――本当にただちょっと訊いてみたいだけなので、誤解しないでくださいね。

――いったいなんなんですか。

男が戸惑うような顔でわたしを凝視する。急に、嘘をつくためにあれこれ計算しながら遠まわしに訊くのが億劫《おっくう》になった。いまのわたしの状況では自分がどう行動するべきか、第三者に客観的な意見を訊いてみたいという気持ちもたしかに少しはあった。最初はそんなつもりじゃなかったのに、わたしはすぐに、四年前にドイツで起きた出来事、最近になって風邪が治らず病院へ行くと、思いもよらなかった自分の体の異変について聞かされたことを正直に打ち明けた。その間、ＨＩＶウイルス、フランクフルト、おしぼり、アスピリン、一日にタバコを半箱吸うこと、最後まで座っていられなかった今日のお昼のキムチ鍋の店のことまで、とりとめもなく言いつのってしまったのだが、自分がどうして、今日初めて会った中年男に思わずこんな告白をしてしまったのか、わたし自身にもわからなかった。この状況では、どうすればいいのでしょうか。ひとしきりしゃべると、わたしは最後にそう訊きながら、男をじっと見つめた。

――そうですか、ところであんた、ここでどんな仕事してるんです？

――広告代理店の業務ですけど。

――あのね、わたしだって字ぐらい読めますよ。ここが広告代理店だってことは、表の看板を見て、承知で入ってきてるんだから。わたしが訊いてるのは、具体的にどんな仕事をしてるのかってことですよ。

――企業のイメージに合わせて広告マーケティングの戦略を立てて、オンラインとオフラインのコマーシャルのコンセプトをすり合わせたり、記事広告の作成とかもしますし、それ以外にも広報の素材を見つけたり。

――ずいぶんつまんない仕事だな。

うつむいたまま、まあそうですねと、わたしは気のない返事をした。気のない同意ではあったけれど、最近になって人から言われたことのうち、最も的を射た明快な診断でもあった。いずれにしても、そのつまらない仕事をわたしは十年間続けているところだ。けれど、その時間の量は、嵩《かさ》も重さも感じられない。周りのあらゆる状況は、十年という時間がすでにわたしの人生を揺さぶり、通り過ぎていったことを証明しているが、当のわたしはその歳月を実感できずにいた。毎日忙しく、朝九時から夕方六時まで働きづめだったのに、その時間はまるでフィルムの途切れた箇所のように、カーボン紙の状態のままで取り残されているようだった。

――わたしがあんただったら、まず会社を辞めるね。あ、コーヒーごちそうさま。

長い間、渋面《しぶつら》のままで沈黙していた男が突然そう言い、腰を上げた。何かに腹でも立てたような声だった。その後、背後でドアの閉まる音を聞きながら、そうはいきませんよ、わたしはワンテンポ遅れて返事をした。住宅ローンと去年買い替えた車のローンが残ってるんですから。誰もいない空っぽの給湯室に佇《たたず》み、独白でもするかのように、続いてゆっくりとそうつぶやいた。口に出してみると、不条理劇の台詞《せりふ》のように、いまの自分の境遇にはまったくそぐわない言葉だった。わたしには、財産も借金も、相続させる人などいなかった。換気扇を消して給湯室から出ながら、ほんの一瞬、父のことが頭に浮かんだけれど、わたしはすぐに空笑いを浮かべて自分のデスクに戻った。

金曜日

会社から帰宅すると、団地内のごみ収集場にソファを運んでいる若い夫婦の姿があった。引っ越してきてこれまで使っていたソファを処分しているのか、別の場所へ引っ越す準備のために古くなったものを捨てているのか、どちらかはわからなかったが、古びた皮製のソファの黄色と、団地に漂う初冬の心悲《うらがな》しさとが対照をなし、しばらく目を奪われた。

設置された大道具はほぼソファだけ、というセットで全幕を上演する芝居を見たことがある。ファン・ジウ〔黄芝雨。韓国の男性詩人。一九五二年生まれ〕の詩をモチーフにした「太ったソファについての日記」というタイトルだった。登場人物はたったの三人で、ストーリーはよくわからず、登場人物間の台詞に葛藤というものはなく、単純な文章だけで構成されていた。父はその舞台の主人公の〈私〉だった。主人公は一日中ソファの上で〈彼女〉を待ち、もう一人の自分である〈彼〉を相手に、過去と現在、夢と現実、無意識と意識の狭間を行き来した。欠伸《あくび》が出るほど退屈というわけではなかったが、かといってカーテンコールでスタンディングオベーションしたくなるほど感動的な舞台でもなかった。にもかかわらず、わたしがその舞台を忘れられないのは、終盤に突然、舞台上のマネキンを片っ端からなぎ倒し、破壊していく、舞台俳優として父が放出したあのとてつもないエネルギーがあまりにも印象的だったからだ。

父は実は、芝居の世界ではかなり名の通った俳優だった。中年になってからは、ヒロインのおじさんや主人公の友達の父親といった役柄で、テレビドラマや映画にちょくちょく出演するようになった。しかし父の活動の中心はいつだって演劇舞台だった。父は死ぬまで、いや、失踪するまで、自分の愛することだけを力の限り愛し、生きることのできた、数少ない幸せ者だったといえる。

自分に与えられたエネルギーの九割以上を舞台に注ぎはしたが、そんな父にも恋人と呼べる人がいた。けれど、わたしはその人には一度も会ったことがない。会ったことも、その人からの電話を父の代わりに受けたこともなかった。その人に関する情報は、父の言葉と父の目線に頼るしかなかった。何度か、本気で彼女に会いたいと思ったこともあったけど、ついに父から彼女を紹介されることはなかった。

Lとの関係に未来が望めないことに気づき始めた頃、父は冬の禅雲山《ソヌンサン》〔全羅北道にある景勝地として知られる山〕に登山に出かけたきり、翌年の三月になっても戻ってこなかった。捜索願を出すと、禅雲山の救助隊が出動してくれたが、父の遺体は見つからなかった。三人いる父の女きょうだいのおばたちは、二日に一度のペースで代わる代わるやってきてはリビングのソファに座り込み、ひとしきり泣きじゃくると帰っていった。おばたちの言葉によって再現された父の人生は、悲惨でこのうえなく孤独かつ誰よりも不幸だった。常軌を逸したともいえるほどの、実の父親からの凄まじい体罰に始まり、親友に裏切られていくらもない全財産を失った話、出産後すぐにわたしを置いて行方をくらました冷徹な妻に至るまで、聞いているだけでも父の生涯は人並み外れて寂しく孤独だった。

父が、いや、父のリュックサックと登山靴、そして父のものと推定される遺体が見つかったのは、禅雲山の裾野に野花がほころび始める頃だった。警察からは、完全に白骨化した遺体からは指紋を採取するのは不可能だが、DNA鑑定はできると説明された。しかし、実際にわたしがDNA鑑定を依頼する段になると、遺体の周辺から所持品が見つかった以上、その遺体はソ・ミンス、つまりわたしの父のものであることは間違いなく、あえてDNA鑑定をする必要があるのかと問われた。当時はわたしもやはり、彼らの言い分も正しいと思い、何よりもそう告げる彼らの顔が疲れきっていたせいで、わたしは反論することなくDNA鑑定を取りやめた。

父の葬儀は三人のおばの慟哭《どうこく》と疲弊のうちにいつの間にか終わっていた。Lは来なかった。しかしそのもの悲しい葬儀場で、わたしが何度も入り口に顔を向けるほど待っていたのは、Lではなく父の恋人だった。弔問に訪れた親戚たち、父の演劇仲間の俳優やスタッフ、演出家や劇作家、その誰もがその女性《ひと》が姿を現さなかったことを怪訝《けげん》に思った。さらにいぶかしいのは、誰ひとりとして彼女の連絡先を知らないことだった。彼女に会ったことがあるという人もやはりいなかった。

葬式を終え、遺骨を粉骨して納骨堂に預けると、わたしはひとり部屋に戻り、電気もつけずに午前零時までリビングに座ったままでいた。そのときの心理状態は、単に孤独なんて言葉で片づけられたら理不尽さを感じるほど、計り知れない孤独感に苛《さいな》まれた。人間に、これまで思いもしなかったことを思いつく力が生まれるのは、傷ついた後ではなく、その傷《いた》みに耐えられないことを認めた後だということに、わたしはそのとき気づいた。父に恋人など、はじめからいなかったのだ、父の死にかかわるすべての出来事すら、ただの演劇にすぎないのかもしれないと、菩提樹の下の賢者にひと吹きの風が訪れたように、わたしの脳裏に閃《ひらめ》いた。ともすると、そのすべてが、父の一世一代の、死にものぐるいの芝居だったのかもしれない。その人生最後の舞台の脚本、演出、そして主人公はすべて父だったのだろう。その日以来、その閃きは、ある時は確信となり、またある時はブラックコメディとなった。だからほんのたまに、わたしはこんなふうに考えた。父は死んでなんていない、きっと死んだふりをしているのだと。発見された遺体は父のものではなく、父がどこからか持ち出した小道具かもしれないと。だとしたら、どこかでわたしのことを見ていてくれて、一番憂鬱で一番つらいときに〝ジャーン〟と現れて、拍手をしながら「えらいぞ、よくがんばった。そろそろ舞台から降りてきなさい」なんて言ってくれる日がくるのかも、と。そんな想像は、慰めになる日もあれば、拷問のような日もあった。眠れない夜にはリビングのソファに座り、誰の耳にも届かないほど小さな声で父を呼んでもみる。もうじゅうぶんどん底だから、このへんでライトを落としてくれてもいいのではないかと、小声で尋ねてもみる。しかし、当然といえば当然だけど、父がわたしの前に姿を現したことはこの四年間、ただの一度もなかった。冷静な医師からＨＩＶの陽性反応が出たことを告げられた二日前のあの夜も、父は客席の後ろから舞台に向かって歩み出ることはなく、ステージで這《は》いつくばるわたしの肩を抱いてくれることもなかった。

土曜日

午後二時近くになってようやく目覚めた。たまっていた洗濯を済ますと、冷蔵庫とトイレの掃除をして、リビングと寝室、トイレに一つずつ置いてあるごみ箱のごみを片づけた。ペットボトルや牛乳パック、空き缶をそれぞれまとめ、新聞紙を束ねて紐《ひも》でくくった。一週間分のごみの量はほとんど一定していた。家ではできるだけ自炊をせず、客を招くこともなく、仕事を終えて家に帰るとテレビを見て寝るくらいなのに、必ずといっていいほどこれだけのごみが出ることに、毎回驚かされる。

両手にごみ袋とリサイクルごみを提げて、団地の下のごみ収集場に向かうと、真っ先に黄色いソファが目に飛び込んできた。近くで見ると、スプリングが弾力を失い、至る所に傷のある古いソファだった。

リサイクルごみをそれぞれ所定の場所に捨てて戻ろうとすると、なぜか動けなくなった。もう一度ソファの方にゆっくりと向かった。初めはなんとなく五十三キロの体重を乗せてみたかっただけなのに、上半身がなぜか横に傾き始めた。ごみ屑《くず》。斜めに背をもたれたままの姿勢でわたしはそうつぶやいてみた。なんて屑みたいな人生なんだろう。ついでにそこまで言ってみた。認めてしまうと思いのほか気持ちが楽になった。

しばらく待ちかまえてみたものの、睡魔はやってこなかった。台詞をやりとりする相手役もやはり現れはしなかった。わたしの知らない世界で着々と演じられている父の芝居のことが、ストーリーや舞台装置、小道具に照明、そのどれもがたまらなく気になったけれど、その舞台に続く道は今日も見つけることができず、だからわたしはやはり配役を得られないまま、ソファだけの舞台を後にするしかなかった。

日曜日

夜通し、浴室が泣いた。シャワーを終えた直後だった。しかたなく、水道の蛇口をめいっぱい開けて、浴室が泣きやむのを待つしかなかった。じっと待ってみたけれど、浴室はいつまでも泣き続け、わたしは泣いている浴室を慰める術を知らず、だから服を着た後も便器に座り、いつまでもそこにいた。

月曜日

――ソ課長、今日はキムチーフがおごってくれるみたいですよ。

コンピュータの電源を落として退勤の準備をしているところへ、事務職の社員がやってきてそう告げた。

――月曜からどういう風の吹き回し？

――チーフ、大峙洞《テチドン》のマンションに引っ越すことになったじゃないですか。ついに江南《カンナム》エリア進出だって。そのお祝いみたいですよ。

そう言いながら温かい緑茶をデスクに置いてくれた、感じのいいその社員にわたしは軽く笑ってみせた。いまのわたしの体力では八時間の労働だけでもやっとだが、前回の飲み会も体調不良を理由に参加しなかったから、今日は顔だけでも出しておかなければ。しかもキムチーフはわたしの直属の上司だ。

一次会は会社近くの焼肉屋だった。鼻を刺すようなカルビのにおいを嗅ぎながら壁にもたれて座っているだけでも、かなりのエネルギーを要した。そのうえ、疲れがたまると風邪に似た症状がひどくなる。喉の奥が痛み、からだじゅうから微熱を発し、口の中はカラカラに乾くといううんざりの症状。

——課長、今年の冬は漢方でも飲んだ方がいいんじゃないですか。一年中、風邪が治らないってておかしいですよ。

ティッシュでしっかり口をふさいで咳《せ》き込むと、前に座っていた部下が首を傾げながらそう言う。人々の視線を何度も感じる。初めて会った人にすら、わたしが病に蝕《むしば》まれていることを感じさせる日も、そう遠くはないのかもしれない。

——そりゃあれだ、あっちの方が解消されてないからだろ。ソ課長も来年は三十五だろ？　来年はもちょっと理想を下げて、適当なところで嫁に行けよ。もやもやが続くと体に毒だぞ。

キムチーフの言葉にくすくす笑う人間もいれば、顔をしかめて不快感を呈する人もいた。わたしは相手にする気力もなかった。お酒はお猪口《ちょこ》に二杯しか飲んでいないのに、ずっと吐き気がしていた。向かい側の掛け時計が八時三十分を指したところでわたしはそっと席を立った。

――課長、帰るんですか？

――ううん、お手洗い。チェ・ジンチョル君、チーフのグラス空いてるわよ。注いであげたら。

そうあしらって靴を探し、その足で焼肉屋を出た。冷たい風に当たるといくらかましになった。タクシーはすぐにつかまった。タクシーが団地の入り口に差しかかるまで眠ってしまった。

うたた寝の間、わたしはフランクフルトの三流ホテルの中にいた。四年前のあの場所だった。雨のせいなのか、父のお葬式を済ませていくらも経っておらず体調が最悪だったせいなのか、四月初めのドイツはあまりに寒かった。頭のてっぺんから爪先までベッドのシーツにくるまれても、歯がガクガクするほどからだじゅうが震えていた。翌日はドイツを訪問しているクライアントに会う約束になっていたので、寝不足は許されない状況だった。韓国式陶器のキッチングッズを製造し、ヨーロッパに輸出しているH社の社長に、H社が韓国国内だけでなく欧米でも効果的にプロモーションを展開していくためのプレゼンをすることになっていた。午前零時が過ぎると、もう限界だった。わたしはベッドのシーツを頭から被ったまま、一階のレセプションに向かった。するとすでに三、四人の宿泊客がマネージャーに暖房をつけるよう要求していた。わたしも加わって暖房を入れることを求めたが、マネージャーは「無理」の一点張りだった。法律で定められた気温まで下がらないと暖房をつけてはならないというのがドイツの政策だと言った。そのときの室温はおそらく十三、四度だったと思うが、体感としてはほとんど零下だった。

くたばれ、そう悪態をつきながら、仕方なしに五階の自分の部屋に戻ると、ドアの前で背中をトントンと叩かれた。振り返ると、見知らぬ外国人がわたしに手を振っている。男は酒のにおいをさせ、目は焦点が定まっていない。高速バスターミナルの公衆トイレでしゃがみ込んでタバコをふかす中年女、あるいはくたびれたスーツにやつれ顔で安物の不良品を売り歩く地下鉄の行商人に感じられる、平坦ではない道ばかりを渡り歩いてきた人間特有の生臭さのようなものも漂わせていた気がする。国籍も、名前や年齢もわからず、何よりもその男の体のどこかに悪辣なＨＩＶウイルスが潜んでいることなど知るよしもなかったけれど、わたしはためらいもなくその男につられて莫迦《ばか》みたいに笑ってみせた。けれど、そのときの自分の行動をわたしはいまでも悔いるなんてことはしない。キャラではないし、台本にもないような突飛な行為ではあったけど、当時のわたしにタイムスリップして、ひと月、いや一週間だけでもわたしになって生きてみたら、誰だってその選択を理解してくれるはずだという都合のいい確信を拭《ぬぐ》い去ることもできない。開けた扉から部屋に入り込んできた男は、力の限りにわたしを抱いた。甘く官能的だった。甘く官能的ではあったが、ふたたび扉が閉ざされ、クローズアップされた自分の顔を目の当《ま》たりにした瞬間、わたしは絶句した。それはまるで、楽屋の埃《ほこり》だらけの鏡に映し出された、年老いた役者のすっぴんのような、すべての照明が落とされた真っ暗闇の顔。どんなに手を尽くしてもふたたび明かりが灯されることはないような、恐ろしくも乾ききった老人の顔。どうしていいかわからず、闇雲に叫び声をあげようとした瞬間、

――お客さん、着きましたけど。

きゃあああ、ああああああっ。

さいわい、タクシーの運転手があの凍えるようなホテルの部屋からわたしを救い出してくれたおかげで、悲鳴はすんでのところで喉元から消えていった。ふらつきながらタクシーを降り、団地の中に入ると、むしろそここそが夢の中のような、非現実的な違和感が押し寄せてきた。ベビーカーを押している若い夫婦、三々五々おしゃべりに夢中になっている主婦たち、自由に駆け回る子どもたちに、仲良く手をつないで散歩している老夫婦、まるで天国というテーマで設置された舞台のエキストラのように、平和そうに団地の広場を行き来していた。そこでは、わたしのように致命的なウイルスに感染した独身女には、天国に下見に来た傍観者以外に演じられる役はなかった。数歩歩いただけで膝《ひざ》が折れた。

天国から脱出できる最後の非常口のような玄関の扉を開け、部屋に入ると、からだじゅうを固定していたネジが緩み、一斉にぽとぽとと落ちていくようだった。体には焼肉のにおいが染みついていたのに、わたしはシャワーを浴びもせずにコンピュータの電源を入れ、二つのファイルを開いた。一つは退職願、もう一つは遺書というファイル名にしてあった。しかしコンピュータの

空っぽの画面にはカーソルだけが浮かび、単語一つ書き込まれていなかった。

ファイルを閉じ、今度はソファテーブルの上にあるコードレスフォンを手に取った。父は知らないと思うが、わたしは父の携帯電話をまだ解約していなかった。かけたところで、電源は四年前から切られたままだった。鋭く響く、ピーッという音の後に受話器から聞こえてくる音声ガイダンスに従って1を押した。その空っぽの空間にわたしは、お父さん、もうずいぶん声にしていなかったその呼び名を口にしていた。相手は無言のままだ。お父さんってば！　二度目は口に出すことすらできなかった。長い間じっとしていると、お父さん、のひとことだけが残された留守番電話は、予想どおり自動的に切れた。

火曜日

――まだこんな所にいるんですか。

五日ぶりに姿を現したカード会社の男が、かなり大きな声で藪《やぶ》から棒にそう言った。紳士服の新ブランドの記事広告をチェックしているところだった。周りの社員たちがモグラ叩きのモグラのように首だけ伸ばしてパーテーションの外の男を見た。わたしは中腰で男に目礼し、先導するように急いで給湯室に向かった。

コーヒーを淹れている間、男はわたしの代わりに換気扇を回し、窓を開けた。タバコを吸うつもりはなかったが、男の行動を黙って見ていた。コーヒーを出すと、男はわたしを見て顔をしかめる。ただでさえ蒼《あお》い顔がより蒼白に見えた。

——あんたさあ、あ、俺より年下でしょ？　タメ口でもいいよね？

——この前もそうでしたよ。

——それはそうとしてだ、なんでまだこんなところでぐずぐずしてんのよ。

——いますぐどうこうっていう病気でもないですし。

——そんなことはどうでもいいのよ。俺が言いたいのは、いまのあんたの状況は、これまでやりたかったことやって、食いたかったもん食って、欲しかったもの全部買っちゃえばいいってこと。もう一度会いたい人とかいないわけ？

——会いたいというか、どうしてるのか気になる人は、一人いるにはいますけど、でもまあ、毎朝確認はしてるんで。

——あれ、そこまでどん底ってわけでもないんだ。で、家族とか、その毎朝会ってるって人には話したの？

——何をですか。

——そんなのそっちの方がわかってるだろ？

——話してないというか、話せないんです。

——どうして？

——それこそ聞かなくてもわかるじゃないですか。

トーンダウンした声でそう言うと、男はメガネを外し、両手で顔をこすった。ふと、もうずいぶん前に、眠い目をこすりながら観たドイツ映画の「ベルリン・天使の詩」が思い浮かんだ。目には見えないけど、人間のそばで人々の挫折や喜び、涙と笑顔を分かち合っていた寡黙な天使たち。もちろん、わたしとはまったく無縁のこの中年男が、わたしのために何かをしてくれるなんて思ってもいないし、期待もしていない。それでもいま、この瞬間、わたしの苦痛を目の当たりにし、分かち合えるのは、この男しかいないということも、わたしにはわかっていた。

するとい男が立ち上がり、わたしのもとへ来て肩に手を掛けてくれた。その手は思いのほかあったかかった。男はわたしが両手で顔を覆っている間、洒落《しゃれ》たオフィスの会社をクビになった後の事業の失敗、離婚、カード地獄に陥った末の自殺願望など、自らの身の上について語った。男にとっては壮絶な過去かもしれないが、その程度の話なら、ウェブブラウザを開けば二日に一度は出くわすような、ありふれた内容だった。むしろわたしが無性に気になったのは、湿り気のない自分の手のひらのことだった。アクション映画によくある、悪者の銃に撃たれてもがきながら倒れるが、我に返って、つと胸ポケットからライターや携帯電話、バッジやメダルを取り出すときに主人公たちが見せる、安堵感よりも戸惑いが先立つあの表情が目に浮かんだ。大丈夫か？　男の言葉で、覆っていた両手をようやく外した。そして男の顔をじっと見上げた。涙の跡どころか、赤くもなっていないわたしの眼を、男は無言で見つめた。

先に吹き出したのはわたしの方だった。プッ、そんなふうに笑いを漏らすと、男の方もプハッと声に出し、やがて二人でけらけら笑い始めた。控えめだった笑い声は少しずつボリュームが上がり、給湯室いっぱいに広がった。ちょうどそのとき、新入社員が給湯室のドアをそっと開け、中で二人で大笑いしている姿を見ると慌ててドアを閉じた。男とわたしはその姿にさらに腹を抱えて笑った。

笑いが収まり、給湯室を覗きに来る社員が増えると、男は腰を上げて握手を求め、わたしも気分良く握手に応じた。男と一緒に給湯室を出ると、それぞれ別の方向に進んだ。男は出入り口の方へ、わたしは自分のデスクの方へと。パーテーションの内側のデスクに座ろうとすると、新入社員がちょうどオフィスから出ようとしている男の方へ目を向け、わたしに訊いた。

――課長、あの人誰なんですか？

――カードの営業マン。エイズなんだって。かわいそうだからカード作ってあげたら、また来ちゃった。

机の上の散らかった書類を片づけながら、そっけなくそう言っておいた。さりげなく顔を向けると、新入社員は目を丸くして出入り口を凝視していた。

――ったく、警備員なにしてるのよ。いますぐ警備室に行って話しておくんで、課長も、あの人また来ても相手にしない方がいいですよ。

そう言うと慌てて出ていく新入社員の後ろ姿を、わたしは瞬《まばた》きもせず目で追い、ゆっくりと席に着いた。スリープモードになっていたコンピュータのエンターキーを叩きながら、ほんの一瞬、もうこれで、わたしの人生にカード会社の営業マンが登場するエピソードはおしまいにしてほしい、なんてことを思った。さいわい、午後はあっという間に時間が過ぎた。冷めたコーヒーを飲み、記事広告を最初から読み直して修正し、担当のライターにメールで送った。新たに担当することになったプロジェクトのスケジュールを組んで企画室全体の会議にも出席した。

父からは、今日もなんの音沙汰もなかった。

水曜日

携帯電話のアラーム音に驚いて目覚めると、すぐに電源を切った。いつもどおりの午前七時、テレビでは朝刊の記事を紹介するコーナーが始まったばかりだった。Lの声を聞きながら髪を洗い、メイクをして服を着替え、靴を履いた。団地を出てからはいつものバス停に向かったが、つと、方向転換して団地内の地下駐車場に入った。ソウル市内の渋滞を言い訳に、ひと月前から駐車場に置き去りにしていた小型車のボンネットは埃で白くなっていた。半年前から給料の十パーセントも費やしてローンを支払ってきたのに、ローンはあと一年半も残っている。だからこれからはちゃんと乗らないと、と思った。

会社に着いてからは、電話のベルが鳴るたびにびくびくした。なんとか電話に出ないように努めた。なかなか鳴りやまないときは一瞬だけ受話器を持ち上げてすぐに置き、内線を回されたときも同じように対応した。

昼休みには約束があると言っていつもより十分早く会社を出て、ロッテリアでプルコギバーガーセットを注文して食べた。しばらく無心でハンバーガーにかぶりついたが、ふと周りを見渡すと、わたしのように食べることに集中しているサラリーマンばかりだった。ひとりでテーブルを占拠し、ピカピカのガラス窓やカラフルなタイル張りの壁、あるいは向かいの空席を見つめながら、去勢前の雄牛のようにむしゃむしゃとバーガーを噛み砕いている人々。都会の爪弾《つまはじ》き者たちが事前に示し合わせて、昼休みになるとファストフード店に集まってくるのではないか、そんなふうにさえ思えた。会社には一時半近くになって戻った。その間、冷静だったあの若い医師も、国立保健院の職員も訪ねてきてはいなかった。希望。紳士服の新ブランドのプロモーションについて最終案をとりまとめ、評価する会議の最中、わたしは資料の裏面にそう綴った。こんなふうに携帯電話の電源を切って、病院や国立保健院から来るかもしれない連絡を遮断しているのは、恐いからではなく、ある種の希望を抱いてのことだと認めるのは、思ったよりたやすくはなかった。希望は麻薬だ。* チーフが締《し》めのコメントをしているときには、大学生の頃に読んだ女性作家の小説のフレーズを書いてみた。

会議が終わると、入社以来初めて、早退したいとチーフに申し出た。終業時間まであと二時間だったのもあり、チーフはあれこれ聞きもしなかった。その代わり、目礼をして背を向けるわたしに、「ソ課長、まさか子ども堕ろしに行くんじゃないよな。そういうことならついてってやるぞ」と、反吐《へど》が出そうなほどのおどけた笑顔を見せ、低脳なジョークを炸裂させた。ひと月前、なかなか治らない風邪をなんとかしたくて病院に行き、ＨＩＶ検査を受けてはどうか、という思いがけない提案をされて以来、初めて性欲を感じた。それは、湿り気のないただの渇いた性欲。

早退の許可を得ると、社員たちの目を避けるようにして会社を出て黄緑色のマイカーに乗ったものの、行き先は決まっていなかった。とりあえず自宅方面に向かい、途中でＵターンして汝矣《ヨイ》島《ド》にある放送局、ＫＢＳの前まで行って漢江《ハンガン》の遊覧船乗り場の前でコーヒーを飲みながらひとときを過ごした。夕方六時、渋滞が始まる頃には京釜《キョンブ》高速道に乗って良才《ヤンジェ》料金所を過ぎ、父、というか、わたし以外は誰もが父のものと思い込んでいるあのわずかな遺灰が納められている龍仁《ヨンイン》へと車を走らせた。しかし、龍仁方面を指す標識が見えると、わたしは国道に下りてソウル方面へとアクセルを踏んだ。自宅のある団地に着いたのは、夜の十時前だった。

気温が下がったせいか、テレビドラマの放送時間帯だからか、団地の広場は一週間前より人気《ひとけ》が少なかった。駐車場に車を止めると、わたしは初めからそこをめがけていたかのように、脇目もふらずごみ収集場に歩を運んでいた。さいわい、あの黄色のソファはまだそのままだった。シートに座って靴を脱ぐと、自転車で通り過ぎる子どもたちがちらちら見ていった。わたしはあえて口元を緩めて笑ってみせた。自転車に乗った子どもたちのペダルの回転が早まる。どこかに去ってしまった子どもたちは、二度と戻ってはこない。

ゆっくりとソファに寝転んで夜空を見上げた。夜の空は黒ではなく深い藍《あい》だった。この時間帯の空の色はもともと藍色なのか、それとも今日に限って舞台の設置が杜撰《ずさん》だったのか、それはわからない。とにかく、いまは悲劇へと向かうクライマックスに差しかかり、そろそろ天国に設置された小道具を手当たりしだいに投げ打ち、めちゃくちゃに破壊する時がきたようだ。キューサインはすでに出されていた。

観念したように、寝転んだままでショルダーバッグのファスナーを開け、携帯電話を取り出し

＊「希望は麻薬だ」……チェ・ユン（崔允）の小説のフレーズを変化させて引用。『向こうでひっそりと一片の花びらが散り』（原題、文学と知性社、一九九二年）収録作品「灰色雪だるま」より。

た。携帯電話の電源を入れると、それはわたしのためだけのささやかなライトとなり、ショートメールと伝言メッセージの着信を同時に知らせてくれた。メッセージを聞くために四桁の暗証番号を入力し、続けて二件の伝言を聞いた。冷静な医師の伝言を聞きながら、できることならこの声を誰にも聞かせることなく、永遠にこの電話の中だけに閉じ込めておきたいと思った。壺の中に閉じ込められた巨人のように。わたしが呼んだときにだけそこから出てきて、いまのこの状況に方《かた》がついたら本当の芝居、ともすると本当の人生が始まるのだと、わたしの耳元でささやいてほしい。

携帯電話の電源を切ろうとした瞬間、発作を起こしたように電話が鳴り始めた。見覚えのある番号だった。電話を握る指が、ひとりでに震えだす。

——ソ・ミスクさんですか?

電話に出ると、やはり聞き覚えのある、六年前から変わらないあの声が耳に絡む。六年前、朝のニュースで彼を見つけて以来、わたしたちは恋人になった。

——Lです。わかりますよね? 朝のニュースの朝刊コーナーの……。

——もちろん。

——ファンレターありがとうございます。プレゼントも。

——……。

——いつも応援してくれて、手紙とプレゼントもありがたいと思っています。周りも驚いてますよ。おまえみたいなやつに、よく六年もファンでいてくれるなって。それでですね……。

——……。

——自分で言うのはちょっと照れくさいんですが。

——かまわないので、言ってください。

——手紙とプレゼントを受け取るのは、これで最後にした方がいいと思いまして。

——なぜ、ですか？

——実は僕、結婚するんです。彼女が気にしてるみたいで。いくら昔からのファンだって言っても聞いてくれなくて。芸能人でもないですし、人気もないテレビ局の記者にファンなんておかしいですもんね。僕もあなたが初めてのことで。

——あの……せいですか？

——え？

——四年前のこと。わたしがドイツで初めて会った男と……って話。それでまだ怒ってるんですか？　あのときはただ……本当にすごく寒くて、衝動的に……。もしもし、もしもし？

電話はすでに切れていた。それ以上の対話を拒み、液晶画面の内側でカチャリ、照明を消してしまった携帯電話を、わたしはただ虚ろな目でじっと眺めていた。それから電源を切り、服についた埃をはたいてソファから立ち上がろうとしたその瞬間、街灯の光を背に浴びた細長い影が一つ現れた。それは、わたしの背後にいるはずだ。

それが誰なのか、わたしにはわかっていた。

影はすでに力いっぱいの拍手を送ろうと、ポーズを構えていることだろう。それを見ないよう、わたしはまっすぐ前を見据えて六〇五号棟へと突き進むことに集中する。一度も振り返らなかった。いまはただ、部屋に戻ってこの世界の扉を閉じて今日の舞台に幕を引き、カーテンを閉じる時だ。

部屋に入って玄関のドアに鍵をかけると同時にこの世界の扉を閉じ、机の引き出しからアスピリンを出して飲み、ソファに座って三十秒に一度チャンネルを回しながらテレビを見た。寝入る前には、今週末には絶対にウールのコートとラビットファーをあしらったダウンジャケットをクリーニングに出す、と心に誓った。

インタビュー

いま、あのショーウインドウの内側、四人掛けの白いテーブルの席に座っている女性をナターリアと呼んでみてはどうだろうか。ウェーブのかかった長い髪に、すましたようでいて深く濃厚な眼差しをした、一時間も前から白く長い指で頬を覆い、片肘《かたひじ》をついたままのあの女性をナターリアと呼ばずして何と呼ぶべきか。

彼女はいま、中国製のラジカセから流れる曲を聴いている。彼女はずっと以前からそれだけを聴き続けている。よく見ると、テーブルの上のガラス天板をトントン、トントンと繰り返し叩いている彼女の指先も見える。それは、人々がとうの昔に忘れてしまった控えめで優雅な指先。

ナターリア?

誰のこと?

あなた。

わたしが?

そう、あなた。

そうなのね。わたしは、ナターリア。

ズームイン、音量アップ、照明は明るく。うなずくナターリアの全身をフルショットでワンカット、プラスチック製のすみれ色《バイオレット》のピアスを中心に、物思いに耽《ふけ》るような横顔をローアングルでワンカット。

この曲は？

ヴィクトル・ツォイ。* ヴィクトル・ツォイよ。

外国の歌手？

ロシアの歌手。

あなたはヴィクトル・ツォイが好きなのね。わかるわ。

彼はわたしのアイドルだったの。思春期の頃は彼と同じ姓だというだけでうれしかった。ツォイというのは〝チェ〟のロシア式の発音なのよ。

じゃあ、あなたはナターリア・ツォイ？


*ヴィクトル・ツォイ……一九六二―一九九〇。旧ソ連〝初〟のロックバンドとして名声を得た「キノー」のボーカルで、全曲の作詞作曲を担当。父はカザフスタン出身の高麗人《コリョサラム》、母はロシア人。二十八歳で交通事故死するが、今なおロシアと旧ソ連圏の各地で絶大な支持を受け続けている。

ありきたりな名前。

そうなの？

ええ、ウズベキスタンではよくある名前よ。

カタッ。そのとき、かすかな音が宙に浮かび、そっと弾《はじ》ける。テープの片面が終わった合図だ。自動巻き戻しやオートリバース《裏面自動再生》の機能はついていないラジカセに向かって、彼女はゆっくりと歩いていく。テープを裏返すともう一度再生ボタンを押し、ふとショーウインドウの外に目を向ける。黒い瞳、その奥底では、他人《ひと》はこれまで経験したことも聞いたこともないような無数の物語の種子が、発芽するその時をじっと待ち焦がれている。風が吹く。タシュケント〔ウズベキスタンの首都〕を横切る黄土《おうど》色《いろ》の風が、彼女の物語をはるか彼方《かなた》に運ぶ。彼女はふたたび自身の物語に口をつぐむ。沈黙、その術を学ぶ。その代わり、二十八で夭折《ようせつ》したロシアの歌手の哀しい歌を、ゆっくりと少しずつ口ずさむ。そのとき流れてきたのは、ヴィクトルの曲の中ではわりとテンポの速い〈血液型〉だった。歌を口ずさむ彼女の横顔をしばし眺め、間奏が始まる頃にふたたびそっと呼ぶ。ナターリア？　ファインダーの中で大きな両の瞳を瞬《しばた》かせるナターリア・ツォイ。

つまり、あなたはウズベキスタンの人？

ええ。わたしはウズベキスタン人。けれど……。

けれど？

けれどわたしのルーツは韓国。ここではわたしたちのことを高麗人《コリョイン》*と呼んでいるわね。そう、ヴィクトル・ツォイも高麗人。

ああ、高麗人。

とても気に入っているのよ、このキッチン。ナターリアは突然そう口にすると、気だるそうな微笑を浮かべる。すると、ダンスでもするかのようにキッチンのそこかしこを軽快に歩き回る。ロシア人形のような紅《あか》い頰に、蒼ざめた顔をしたナターリア。彼女の両腕は空中を自在に舞い、長い髪は水槽の中の水草のようにひらひらと揺らめく。二種類のシステムキッチンがディスプレイされている二十四坪のキッチンは、やがて彼女のためのステージとなる。つまりここは、モデル名「スペシャル５００２　オリーブグリーン」とモデル名「スペシャル５００２　ホワイトハンドレス」がある、ＥＮＥＸのショールーム。ガラスドアのすぐ前には彼女がよく座っている四人掛けのテーブルがあり、二つのシステムキッチンの間の空間はイエローのガラスキャビネットが埋めている。両側の壁にはコーナーラックや上開き扉の食器棚、それに合わせた水切りラック

*高麗人……十九世紀後半から二十世紀前半にかけ、飢饉や貧困等から逃れるため、朝鮮半島から多くの人が極東のロシア沿海州へ渡り、土地を開拓した。そうしてウラジオストクなど沿海州各地に居住していた十七万を超える人たちは、スターリン時代の一九三七年に突然、貨車に乗せられ、ウズベキスタンやカザフスタンなどの中央アジアに強制移送された。現在、これらの人々とその子孫は「高麗人（コリョイン／コリョサラム）」と自称／他称されている。

まで取りつけられている申し分のないキッチン。

お金さえあれば……。

不意に空中の両手を胸の前に戻し、低いトーンでそうつぶやくナターリア。

お金さえあれば？

お金さえあれば食器棚の隣にステンレス製のバーを取りつけて、そこには野菜や果物を簡単にすりつぶせるハンドブレンダー、油のにおいが気にならない電気フライヤー、それから電気グリルを吊るしていたはずよ。カラフルなピンク色の秤《はかり》と計量スプーンのセット、蓋《ふた》にクロムメッキが施されたアクリルのオイルボトルやクリスタルの調味料ケース、水切りがついた中華風のセラミックのカトラリースタンドをテーブルの上に飾ったら素敵だと思わない？　内側がキルティング加工のキッチンミトンやAラインの花柄のエプロンをあのコーナーラックに並べたらきっとお洒落《しゃれ》よね？

そんなふうにキッチンのことを話す彼女は、いつになく楽しそうだ。こんなときの彼女の声は1オクターブ上がり、若い瞳は手に入れることのできないモノたちへの憧《あこが》れを湛《たた》える。曲はいつしか荘重《そうちょう》なリズムの〈自我省察〉に変わっている。力なくテーブルへと戻り、腰を下ろすと、ふたたびすましたような居住まいになるナターリア。いま、彼女の視線は、他人にはうかがい知れないはるか遠くをさまよっている。

実はね、わたし、このキッチンが気に入ってここに来たのよ。

だから、ここに存在するせいで、ここに来るために彼女が失った時間が、中央アジアの真珠、古《いにしえ》のシルクロードの要衝であり、かつてのソ連で最も献身的だった農業国のウズベキスタンでどんなふうに流れていったのか、彼女には知りえない。もしも彼女がいま、寂しいというのなら、それはその知りえないことのせいなのだろう。時間は、選ばれなかった空間については何も語ってはくれない。白紙のままのその空間には、二十九歳のナターリア・ツォイの家族、愛した仕事、かつての恋人がいまなお存在する。

ホームシック?

故郷が恋しいわけではないの。あそこは、なんていうか、息が詰まりそうだったから。そう、耐えられそうにないくらいに。

ここを知ったきっかけは?

写真を見せてくれたのよ。

彼が?

そう、彼が。チョという姓を持つあの人が。

ねえ、そろそろ聞かせてくれない?

何のことかしら?

モスクワ大学でツルゲーネフを卒論のテーマに選び、卒業後はタシュケントの名門私立高校でロシア文学の教師をしていたあなたが、なぜそのすべてを投げ捨てて韓国にやってきたのかしら？　なぜこのショールームで、ひとりぼっちで過ごしているの？

ナターリア・ツォイが微笑《ほほえ》む。無言で笑顔だけをつくるナターリアの顔は、しかしとても寒そうに見える。そういえば、彼女は厚手のニットに綿入れのズボンを着込み、しかもブルーのコートまで着たままだった。

暖房が効かないからよ。ガスが止められてしまったの。電話も受けるだけ。

ゆっくり寝られるスペースもなく、おまけに暖房も効かないだなんて、だからどうしてこんな場所に二か月もひとりでこうしているのよ、ねえ、なぜなの？

問いつめると、ナターリアはようやくゆっくりと顔を上げ、真っ赤になった目をショーウインドウの外に向ける。彼女もやはり、何度も自問し続けた。わたしはなぜここにいるのかしら。水すら一滴も出ないこの冷えきったキッチンに閉じ込められたまま、何のために二十九歳の冬を耐え忍んでいるのだろう。何よりも耐えがたいのは、人々の視線だった。ブラインドもシャッターもないショーウインドウは、一日二十四時間、透き通ったままで、数多《あまた》の人々が無遠慮に、一方的に彼女を眺めては通り過ぎていった。いつからだったか、彼女はガラスドアに内側から鍵をかけて暮らしていた。時折、お客が入ってきてあれこれ訊かれるたびに、彼女は恥じらいを感じた。

伝え合うことばを持たない、劣った存在であることを自ら認めざるをえないという恥辱。その感情は、ウズベキスタンで感じていた恥辱とはまた別の質感でもあった。

ウズベキスタンでも？

そうよ。あそこでも。

言葉の問題？

そうね。問題はことばだった。ウズベク語、ウズベク民族のことば。

どういうこと？　詳しく聞かせてくれない？

わたしたちは、幼い頃からずっとロシア語だけを教わってきたの。当時の公用語はロシア語だったから。

それで？

ロシア留学を終えて、高校教師になりたての頃は、まだこれといった問題はなかったのよ。それがある日突然、政府から命令が下されたの。公文書はすべてロシア語ではなく、ウズベク語で作成するようにという命令。それが混乱のはじまり。

そうだったの。

あれは、まぎれもない弾圧よ。あっという間に無数の少数民族の労働者たちが解雇されたわ。とくに他の少数民族に比べて社会的に安定した暮らしをしていた高麗人がターゲットにされたの。

政府はささいなことで難癖をつけて、社会的地位が高かったり、事業でお金儲けに成功していた高麗人たちの職を次々と奪っていったわ。

ひょっとして、あなたも？

ええ、わたしも解雇された一人。他の高麗人よりは多少ウズベク語が話せたから、数年の間は首がつながっただけ。もう二年も前の話ね。

長いため息とともに両手で体を包み込むナターリア・ツォイ。悪夢だったわ。ため息の後から彼女の肉声がかすかに漏れる。

韓国で韓国語ができないというのは恐怖に似た恥辱ではあるけれど、ウズベキスタンでウズベク語ができないという理由で強いられた恥辱は、憤り以外のなにものでもない感情だったわ。

憤り、恥辱……。

政府はウズベク語が話せる高麗人まで、なんとしてでも失脚させようと躍起になって追いつめたのよ。ニコライのケースがそう。ニコライはわたしと一緒にロシアに留学して、その後はウズベキスタンの官僚にもなったのに。

そうなの。

彼は市場でドルを使ったというだけで逮捕されてしまった。いくら法律があるとはいえ、たいていはスム〔ウズベキスタンの法定通貨〕ではなくドルで品物を売り買いするのが現実だったのに、警察は強引に彼を逮捕したのよ。ご多分に漏れず、そのせいでニコライもすぐに職を失ったわ。莫大な罰金まで科せられて。官僚のお給料で貯めたお金をすべて返納したってわけよ。

ニコライも高麗人？

ええ。ニコライ・キム。キムの姓を持つ高麗人。

ニコライはあなたの友達？

友達だったわ。一番近かった人。

そう、一番近かった人なのね……。

ナターリアはテーブルの椅子から立ち上がる。ショーウインドウの外に目を向け、立ちつくす彼女の後ろ姿は、川の向こう岸にすべてを置き去りにしてきた、帰る術を持たずひたすら待ち続ける者の佇《たたず》まいにも似ている。チョに出会っていなければ……。やがて、彼女はふたたび語りだす。

チョに出会っていなければ、ニコライとわたしは一緒に韓国に来ていたかもしれないわね。ウズベキスタンの高麗人二世や三世にとって、韓国はなけなしの全財産を賭けに来るような所なのよ。最後の賭けだから、みんな必死なの。だから、自分よりずっと年上の韓国人男性との結婚を即座に決めて、韓国に飛んでくるウズベキスタンの若い子たちを非難するつもりはないの。

もう少しニコライの話を聞かせてくれない？

ナターリアは答えの代わりに、ゆっくりと首を横に振る。彼を思うと、これほどまでに胸が裂けるような痛みが伴う日がくるとは、彼女自身も思いもしなかった。タシュケントのオープンカフェで少しずつ分け合った一杯の冷えたビール、ティムール広場の銅像の下で買った十ドルの金メッキのリングをお互いの指にはめ合った瞬間、モスクワにいた頃、肌を刺すような寒空の下、白樺の森のベンチに座り、いつまでも抱きしめ合うことで将来の不安を鎮めていたある冬の日、そのすべてをいまでは罪悪感という沈黙の中に封じ込めておかなければならないことが、彼女を苦しめる。ニコライ、言い訳に聞こえるかもしれないけれど、そのすべてはたった一枚の写真のせいだった。

ニコライはいまもウズベキスタンに？

きっと。

いまは何をしているのかしら。

農場で働いているはずよ。昨日まで官僚だった人が一朝にして日雇い労働者になったり、数十年もの間、大金持ちだった人が翌日には無一文になるなんてことは、ウズベキスタンの高麗人にはそう珍しいことでもないのよ。もしかすると、彼はそこで農業をしながら平凡な暮らしをしているいまの方が、幸せを感じているかもしれないわね。

ちょうどそのとき、電話のベルが鳴った。テーブルの上の電話に目を向けるナターリアの顔がこわばっている。発信のできない芥子《からし》色《いろ》の電話はおかまいなしに鳴り続け、彼女に不快な握手を求める。ナターリアは受話器に手を伸ばし、ためらう。聞き取ることのできない韓国語を容赦なく浴びせられると思うと出る気になれないが、ひょっとするとチョかもしれないという思いがよぎり、焦りと期待、不安と希望がナターリアの指先でせめぎ合う。

ついに、受話器を上げるナターリアの蒼白な手。控えめで透明だった指先の爪は白く濁っていた。

チョ、彼の声ではない。

彼の声ではないことがわかると、ナターリアは無言で受話器を戻す。すぐにまた鳴り響く電話を凝視すると、おもむろに壁ぎわに向かい、コードを引き抜く。

あの人たちよ。

あの人たちって?

このショールームの本社の人たち。

彼らは、一日に何度も電話をかけてきては、いますぐここを明け渡すよう要求する。この二か月間、まったく売り上げのない販売店をこれ以上そのまま放置しておくつもりはなく、所定の期日内に店を閉めなければ強制的に撤去すると脅した。もちろん、彼らのその言い分が正当であることは、ナターリアにもわかっていた。けれど、このキッチンまでなくなってしまったら……。ナターリアは最後の最後まで口にするまいと決めていた言葉を呑み込むように、唇を噛む。

クローズアップされる彼女の顔。潤んでいるようで濡れてはいない目頭《めがしら》、見えるようで目には見えない唇の震え、聞こえるようで聞こえない低音の息遣い、声になりそうで声にならないむせび泣き。それは、絶望という感情の誠実なビジュアル。

ナターリア。

彼女の名を呼ぶ。名前を呼ぶこと以外にしてあげられることは何もなく、だから切に彼女の名を呼ぶ。

もう四時よ。お昼もまだでしょう？　まずは、ご飯を食べるのよ。食べてから考えたらどうかしら。

ナターリアは気乗りしない顔でうなずく。奥にあるモデル名「スペシャル５００２　オリーブグリーン」のシンクの引き出しにはチョが置いていった現金が入っている。いまの彼女に残された唯一の個人資産。ナターリアはゆっくりとそこに向かう。引き出しを開ける。札を数える。二万三千ウォン〔約二千三百円〕。残っているのは二万三千ウォン。チョは何を思ってここに十万ウォンを入れていったのだろう。韓国で、韓国のソウルで、現金十万ウォンでどれだけのものが手に入るのか、はたして彼は知っていたのだろうか。それとも、単にナターリアを試すために、こんなにもばかげた悪ふざけをしているのだろうか。韓国という所が宇宙の見知らぬ惑星にも等しい二十九歳の女性にとって、十万ウォンがどれだけの価値を持つのかわかっているのであれば、チョ、あの男はそれだけでもいますぐ彼女の前に現れて、ひれ伏し、泣き叫びながら詫びるべきだ。

千ウォン札を一枚、その引き出しの中から一枚だけを、ナターリアは取り出す。

今日は初めて二十四坪の彼女のキッチンを出るナターリア。

ショールームの左隣には食堂がある。彼女は一日に二度、そこでキンパ《海苔巻き》を一本ずつ買い、わずかな水をもらう。厨房と、キンパ専用の作業台の前には中年の女たちがいて、会計カウンターには決まってあの男が立っている。これまで本気で何かを考えたこともないような顔つきの小柄な初老の男。ナターリアも気づいている。時折、男は執拗なまでに彼女の顔に視線を這わせ、その眼は時には分厚いコートの内側を透視しようと不気味に光ることもあることを。閉店後にはショールームのガラスドアの前を行き来してチョの不在を確かめようとする男。キンパと水を一杯受け取ると、ナターリアは素早く千ウォン札を差し出す。そのとき、カウンターに置いてある籐《とう》のバスケットからキャンディをいくつかナターリアの手に握らせる男の強引な手。男のかさついた力んだ両手が、ナターリアの手のひらに、二十九年という生涯に、のしかかる。手を引っ込めようとするとキャンディが床に散らばる。作業台の前で座っていた女と厨房の中にいた女たちが一斉にナターリアに目を向ける。女たちはこちら側にいる同類であることを確認するために、向こう側の人間を警戒する敵対心むき出しの眼差しで、ナターリアを凝視する。

――じゃ、お姉ちゃんはこれからは韓国人になるの？

その刹那、ウズベキスタンを発つ前に空港でそう訊く妹のユーリア――あの子の名前よ。あの子はタシュケントにある私立の語学学校で韓国語の講師をしているの。わたしがロシア文学を学んでいた頃、あの子は韓国語を選んだのよ。賢明よね。――の声が殺風景な食堂に忍び込む。家族で見送りに来たのはユーリアだけだった。苦労して留学まで終えた娘が、十近《とお》くも年上のしがない自営業の男と結婚し、故郷を離れることを彼女の両親は受け入れられなかった。かといって二人には、旅立つことを決意した長女を引きとめる手立てはなかった。先が見えないウズベキスタン、いくら踏ん張ろうと、モスクワ大学の卒業証書など紙屑も同然の地、帰宅して眠りにつくたびに一日の疲れを癒すのではなく、明日の不安に襲われる国。

ナターリアがうなずくと、ユーリアはスーツケースを持っていたチョを見上げ、たどたどしい韓国語で言った。

――韓国人男性が女性にやさしいのは知ってるわ。韓国ドラマを毎日観てるから。ね、これからはうちの姉も韓国人よね。だから韓国の男の人が韓国人女性に接するように、同じように大事にしてあげてね。お義兄《にい》さんに望むのはそれだけ。

その言葉を聞いたチョは何も言わず、急いで背を向けてトイレに駆け込んだ。十分ほどして戻ってきたチョの目元が赤かった。彼の目頭を潤ませていた、拭かれずに留まっていた涙を、やはり赤い目をしたユーリアが見上げた。

だから、ナターリアはゆっくりと、一言ひとこと、力を込めてそう言う。彼女が知る数少ない韓国語だった。しかし、ナターリアのことばをうまく聞き取れない男と女たちは首を捻《ひね》るばかりで、彼女のことばに同意を示さない。

——ワタシハ　カンコクジン　デス

——ワタシ！　ハ！

今度は、首に青筋を立てて必死に叫ぶナターリア。握りしめた拳、震える口元、血走った焦点の定まらない瞳。それは、怒りという感情の誠実なビジュアル。

——ワタシ！　ハ！

叫びは続き、

——カ　ン　コ　ク　ジ　ン　デ　ス！

ついに完成した、彼女が知る数少ない、非の打ち所のない韓国語のセンテンス。ウズベキスタンを発った飛行機の機内で爪を噛みながら呪文を唱えるように口にし続けた、祖母と祖母の祖母たちのことば、けれど何ひとつ守ってくれはしない無力な叫び。

食堂の人々の冷めた視線を背中に浴びながら、ナターリアは一歩一歩、ゆっくりと店を後にする。寒い。冬、この国の冬はマイナス三十度を超すモスクワの冬以上に寒い。

あのとき、チョはいまにも崩れ落ちそうなコンクリートの塀の下にしゃがみ、何かをじっと見つめていた。高校教師の職を解かれ、家の近くの託児所で資格もないままパートのベビーシッターをしていた頃だった。じきに成人になる生徒たちを相手にソルジェニーツィンやドストエフスキーを語っていたナターリアに、五歳以下の幼児たちは、これまで味わったことのない耐えがたい労働を突きつけた。おむつ、ミルク、おやつ、入浴。一日十時間、使われる単語はその四つだけという現実が、信じがたいほどの薄給よりも彼女を苦しめた。午前保育の子どもたちを見送りに託児所の外に出たナターリアは、そして彼の姿を目にした。

その日、彼がじっと眺めていたのはタンポポだった。

やがてナターリアと目が合うと、彼は誰が聞いても救いようのない英語の発音で先にあいさつをした。名前も訊いてきた。タン《ミン》・ポ《ドゥル》・ポ《レ》。ディス・イズ・ミンドゥルレ。韓国語とも英語ともいえない、中途半端なことばを口にすると、子どものような屈託のない笑顔を向けた。

初めから彼に何かを期待していたわけではなかったの。

ふたたび、白いテーブルに着いてビニール袋からキンパを取り出すナターリア。

じゃあ、そのタンポポがきっかけってこと?

キンパを一つ口に入れると、噛みしめるようにしてナターリアはゆっくりとうなずく。一瞬、彼女の口元には、短いだけにひときわ煌《きら》めくわずかな微笑が浮かんだ。

男たちをたくさん見てきたわ。買い物でもするかのように女たちを買い漁る韓国人の男たちを。結婚したらウズベキスタンに残された家族に毎月大金を仕送りするから心配いらない、なんて守れもしない約束を平気で口にする男たち。まるで牝牛《めうし》を値踏みするかのように、病気持ちでないことはもとより爪や歯の状態まで確かめて、おまけに処女であることを証明する医者の診断書まで悪びれもせずに要求する輩もいたほど。でも、彼は違ったの。

チョ、彼はその一週間前に韓国の結婚紹介所を介して、ほかに三人の韓国人の男たちと一緒にウズベキスタンに来ていた。往復の飛行機代、宿泊費、マッチングの手数料、デートの費用などを含めて八百万ウォンを前払いしていなければ、最後の最後までためらい、結婚をあきらめていたはずだ。

――三十七にもなると、結婚はもういいかなとも思ってね。

金曜の晩、レストランでノン〔ウズベキスタン伝統のパン〕にカラ・チャイ〔ウズベキスタンの紅茶〕を二人で分け合いながらチョはそう言い、ナターリアは無言で聞いていた。

――けど、あきらめきれなかったんだ。

――なぜ？

――妻、いや、妻になる人に、キッチンを作ってあげたかったから。

――キッチン？

――そう。ソウルでキッチンを売っていてね。いつか、自分で設計して、材料から買って家具を作ってあげたいと思ってたんですよ。いつかきっと。俺は元は家具職人なんだ。

システムキッチンの販売店を始める前は、彼はソウルの阿峴洞《アヒョンドン》にある家具通りで家具作りをしていた。小さなクローゼットや机、コンソールテーブルに椅子といった比較的小ぶりの木製の家具だった。チェリー、メープル、カバ、ウォールナッツ、オーク、レッドバーチ、ブナ、ジャトバ……。そんな木材の名前を聞くだけで胸の高鳴りを覚えるほどチョはその仕事を愛したが、年を追うごとに木材の価格は高騰し、需要は急激に落ち込むなか、好きな仕事を続けていく情熱は、ソウルでは贅沢と呼ばれた。店を畳《たた》むと、フライドチキンの店、組み立てPCの専門店、ブランド品のコピーの密輸など、さまざまな仕事に手をつけたものの、どれ一つとしてうまくいかなかった。回りまわって結局、また家具店に落ち着いた。しかし今度は、本社がある販売店を選んだ。

そして写真を見せてくれたのね。

そう。このショールームの写真を。うっとりしちゃったの、初めて見た瞬間に。

チョが見せた写真には、この世で最も美しいキッチンが写し出されていた。ステンレス製のグリーンのアイランドカウンター、鏡のように顔を反射させる大理石の天板、温かみのあるライトが内側についた換気扇、そこに座りさえすれば、この世の苦しみなどどれも甘い追憶にしてしまえそうな四人掛けのテーブル……。そこはまるで夢の中ででもあるかのように、すべてが幻想的だった。

その後、ナターリアは何度かチョに会った。感情の欠片《かけら》も感じられない、女性器を持つこと以外は何ひとつ知りえない女たちとの見合いに疲労感を感じていたチョは、すでにナターリアに心奪われていた。結婚が決まるまでにかかった時間はきっかり二週間だった。

あれは五月。

五月のソウルは澄みわたり、まぶしかった。毎晩のようにナターリアはチョと腕を組んでショールームの近くにある古い商店街に行き、食器やカトラリーセット《ナイフ・フォーク・スプーン》、ティーカップや調味料ケースを見て回った。彼に経済的な余裕がないことくらいはわかっていたから、ウズベキスタンでも省略した結婚式の話は口にしなかった。ナターリアは、損得を計算し、採算がとれることを確かめてから自分の気持ちを捧げるような愛を、これまでに経験していなかった。むしろ、それこそが一生涯の間、顔を突き合わせて生きていく夫婦になるために必要なプロセスだと信じる者たちを嫌悪していた。ナターリアに落ち度があったとすれば、それだけだった。

そして、こんなことになってしまったのね。

ええ。たくさんのことが突然、一挙に押し寄せてきて、あのときは不安や焦りを感じる隙もなかったわ。

最初は買って五年と少しの白のアバンテ〔現代自動車製の乗用車〕を売った。家具の配達は本社でまかなってくれるから、中古のセダンはなくても支障はないとチョは言った。しかし、中古車が残した金額は、日増しに膨らむ借金を返済するには少なすぎた。車を売って十日もしないうちに、今度は十八坪のマンションを解約して保証金《チョンセ》を返してもらうとチョは言った。多少は不便でも、ショールームの奥にダブルサイズのマットレスを敷けば、当面は凌《しの》げるとも言った。最後までショールームを手放したがらなかったチョの気持ちを、ナターリアも理解できなくはなかった。だからこそ、心の中の不安が大きくなるたびに、自らを責め、咎《とが》めることで耐え続けた。ユーリアからたびたび送られてくる、韓国に行きたいというメールにも、ナターリアはぐっとこらえて返事を出さなかった。

　でも、彼は結局、出ていってしまったわ。

　箸を置くと、ナターリアは笑う。いや、それは、笑顔と見せかけた哀しみの微笑。ガラス窓に向かって進むナターリアは、冬の太陽が刻々とこの世の外側に傾こうとしている光景を、この手ではどうすることもできない傾きゆく時を、力なく見つめる。

　わたしがもしもウズベキスタンに帰るとわめきたて、彼の甲斐性のなさを詰《なじ》っていたら、彼は出ていくことはなかったかしら？　わたしが自分の不幸ばかりを口にして苦痛を訴えていたら、彼は、わたしを置いていくことを考えなかったのかしら？

ナターリア……。

彼女を呼ぶ。彼女は、答えない。

照明を落とし、サウンドの音量を下げる。暗闇の中でナターリアのむせび泣きは、小さな同心円を描きながら宙を、低く、舞う。

長い時間が流れる。

祖母《ハルモニ》……、ハルモニに会いたい。

哀しみを内に呑み込んだ潤んだ声で、ナターリアはそうつぶやく。割り当てられた今日一日の自然光をすべて使い果たしたショーウインドウの外側では、都会の外灯がひとつふたつと気だるそうに目を開け始めていた。遠くに見える、市街地へと続く阿峴《アヒョン》高架道路ではすでに渋滞が始まったのか、乗用車とバスがぎっしり並び、ナターリアの視線は蛍の光にも似たテールランプがどこまでも続く車の列に注がれている。

この時間にあの高架道路の渋滞を見ていると、あの列車の話を思い出すの。ほら見て。ずらっと並ぶ車はまるで列車のようでしょう。

列車？

貨物列車。

ひょっとして、ロシア沿海州から出発したというあの列車のこと？

そう。一九三七年、ハルモニはその列車に乗せられたのよ。

一九三七年、沿海州で凍てついた土地を開墾し、奇跡的に生きながらえていた十七万あまりの高麗人が、ある日突然、その貨物列車に乗せられた。一九〇〇年代初頭、極東の開発に力を入れていたロシアは、人口密度がきわめて低い沿海州に移住した朝鮮の末裔たちを熱烈に歓迎した。だが、連戦連勝、破竹の勢いの日本軍に恐れをなしたスターリンは、自国民の保護という名のもとに沿海州に定着していた高麗人を追い出すことに決める。わずか一日、あるいは半日前に強制移住を命じられた高麗人たちは、そうして、数十年をかけて血と汗で築き上げたすべてを捨て、食堂はおろかトイレすらない貨車に次々と詰め込まれた。

目の前で肉親が寒さと飢えで死んでしまっても、列車はかまうことなく走り続けたのよ。時折、列車が一時停車すると、そのわずかな時間に、死んだ子どもや親を凍てついた地に埋めてあげて、それが唯一の弔《とむら》いだったそうよ。けれど……。

けれど？

寒さや空腹、非人道的な扱い、死んでしまった家族、それよりも何よりもつらかったのは、恐怖だったとハルモニは言っていたわ。

恐怖？

そう。どこへ向かっているのかわからない恐怖。ひと月以上も休みなく走り続けていたというのに、その列車の終着駅を誰も知らなかった。誰も教えてはくれなかったから。進みはしても、そこがどこだかわからないという、そんな恐怖。経験のない者たちには、わけ知り顔をすることすら許されない深い恐怖。

おばあさんはいま、どちらに？

亡くなったわ。わたしがモスクワにいた頃に。ソウルのことばではなかったけれど、それでもハルモニは韓国人と会話ができるほどの韓国語を話せたの。父は彼女のそんな姿を毛嫌いしていたわ。ハルモニがわたしや妹に韓国語で話しかける姿を見かけたら、ものすごい剣幕で怒ったりもして。

なぜ？

それが、生き残るための術だと信じていたんでしょうね。ウズベキスタンで生き残るためには、ウズベキスタンの人たちのようにロシア語が話せて、ウズベキスタンの人々が口にするものだけを食べて、ウズベキスタンの考え方だけを習うべきだと父は頑《かたく》なにそう思っていたはずよ。

そうだったのね。

父は間違っていたわ。彼らの言語を使って彼らの食べるものを食べて、彼らと同じ考え方をしたところで、わたしたちはウズベキスタン人にはなれないっていうことに、絶対になれはしないっていうことに気づきもしなかったのよ。でも、わたしに父を非難する資格はないの。わたしも同じように愚かだったから。

どういうことかしら？

韓国人と結婚したからって韓国人になれるわけではないってことを、わたしもわからなかったからよ。たとえ運良く韓国籍を取得したとしても、わたしは端《はな》から何者にもなれない境界線に佇む人間でしかないの。結局、わたしも父も、同じ列車に乗っていたってわけね。つまり……

続けて、ナターリア。

つまりわたしは、わたしたちは、いまもあの貨物列車から降りてはいないってことなの。目的地を持たない貨物列車はいまなお走り続けているのよ。わたしはいまも、身ひとつで行き先もわからない列車の中から窓の外を眺めているだけ。その窓の向こうのソウルという所は、とても美しくてきらびやか。けれど触れることはできず、近づこうとすると遠ざかる一方で、わたしには足を踏み入れることさえ許されない所なのよ、窓の向こうは。

無言で、音楽をかける。片面が終わり、しばし途切れていたヴィクトル・ツォイ。ナターリアが愛する彼の曲をかける。慰めなど何の役にも立たず、残酷なまでに無力ではあるが、いまはただ曲に耳を傾ける時間。

そして、ヴィクトルは歌う。

凍てついた大地の上に巨大都市が建つ
そこではガス灯が灯り　自動車がクラクションを鳴らす
都市の上には夜が　夜の上には月がある
そして今日　血の雫《しずく》の月は紅い
家が建ち　光は煌《きら》めき
窓の外には遠くが見える
ならば悲しみはどこからやってくるのか
たしかに生きているような
生きているようで　生きてはいないような
悲しみはどこからやってくるのか

——ヴィクトル・ツォイ〈悲しみ〉

どうしてもわからないの。

ナターリアは口ずさむのをやめ、そう言う。

わたしはこの街にいるのだから、悲しみもここにあるべきなのに、この街では悲しみは目に映らない。ここでは人生を巻き戻して逃げるわけにも、早送りにして立ち去るわけにもいかず、同じテンポで再生され続けているのに、わたしの頭の中は一日中、過去と未来だけを行き来している。悲しみとわたしの本当の人生、そして恋人たち、みんないったいどこに行ってしまったの。

ナターリア？

なにかしら。

今日はパーティを開いてみてはどう？

パーティ？

そうよ。パーティよ。

パーティ。それはいいわね。とってもいいわ。

パーティのことを考えると、ナターリアは突如、せわしなく動き回る。

まず、壁に掛けてあるカレンダーの二か月分を破り、裏の白紙の面を上にしてテーブルに敷く。すると奥にある、ほとんど人目につかない食器棚から皿や器、銀のカトラリーセットをそっと取り出す。どれも近くの商店街で買って一度も使ったことのない物だった。停電に備えて買っておいたろうそく、ときどきチョがタバコを吸うときのために入れておいたライターも出す。

白紙のテーブルクロスを敷いた四人掛けテーブルに食器とカトラリー、火を灯したろうそくが並べられていく。蛍光灯の明かりを消すと、換気扇に内蔵されたライトとテーブルの上のろうそくの炎が、温もりのある豊潤な光を演出する。そう、このテーブルで語るのは思い出話だけ、痛みを伴うことばは奥歯の先に呑み込む。

そうだわ、お酒も必要よね？

モデル名「スペシャル５００２　オリーブグリーン」とモデル名「スペシャル５００２　ホワイトハンドレス」の間にあるガラスキャビネットには、ディスプレイ用のストライプワイングラスが二脚ある。汚さないようにと、ほとんど触れることもなかったグラスだ。

さあ、一杯いかが？

いいわね。

ナターリアは二つのワイングラスを斜めに傾けて軽くぶつける。軽快な摩擦音には、ほかのどんな温かい言葉よりも心が感じられる。

そうよね。

ナターリアはそうつぶやくと、首を横に振る。

ここが本当にわたしのキッチンだというのなら、あんなに大きな窓はいらないわ。

つと、テーブルから立ち上がり、表に出るナターリア。ラックからＥＮＥＸのパンフレットをひと束取り出して胸に抱える。

開くとＡ３ほどの大きさになるパンフレットを、ショーウインドウに隙間なく貼りつけていく
ナターリアの横顔は真剣そのもの。手の届かない所は爪先立ちになってできるだけ高い位置まで

貼ろうとするナターリア。彼女の言うとおりだ。キッチンの窓はそのくらいの大きさでじゅうぶん。ナターリアが貼らずに残しておいたショーウインドウの真ん中、Ａ３ほどの大きさだけで。それだけでもじゅうぶん陽の光は差し込み、世に通じ、記憶は再生される。

　これから……。

　これから？

　これからが本当のパーティの始まりよ。

　ああ、わたしたちのパーティね。

　テーブルに戻ったナターリアは、空《から》の皿にハルモニが好きだったペクソルギ〔うるち米を蒸した韓国の餅〕にユーリアがよく食べていたシャシリク〔ロシアや中央アジアでポピュラーな肉の串焼き〕、父が毎食欠かさずに食べていたプロフ〔ウズベキスタンのピラフ〕、それにニコライが韓国に行ったら絶対に食べたいと言っていた韓国式カルビを盛る。そしてグラスにはチョ、あの人が、いまの二人が抱える問題がすべて解決したらいつかきっと飲もうと言ったワイン、シャトー・マルゴーを注ぐことにする。

　ほどよい大きさになった彼女のキッチンの窓の外では、いつしか暗闇を斜めに刻む冬の雨が降っていた。彼女のキッチン、ＥＮＥＸから漏れる明かりが濡れたアスファルトに染み入る。

　だから、いま、あのショーウインドウの内側で、四人掛けのテーブルに座り、控えめで優雅な指先でテーブルをトントンと叩き、もう一方の手で空のストライプワイングラスを傾け、ひとり乾杯する彼女をナターリアと呼んでみてはどうだろう。ウェーブのかかった長い髪に、すましたようでいて深く濃厚な眼差しをした女性を、ナターリアと呼ばずして何と呼ぶべきか。

ところで、ナターリアっていったい誰なの？

あなたよ。

ああ、ナターリア・ツォイ？

そうよ。あなたがナターリア。ナターリア・ツォイ。

消えた影

男がロビーに現れた。エレベーターから降りてきた黒いスカートの女性社員は、鼻をつまんで男の横を足早に通り過ぎていく。ロビーの隅にある案内デスクでこっくりこっくり居眠りしている守衛は、男が非常階段の入り口に差しかかっても目を覚まさない。五階の踊り場の窓辺でタバコをふかしている四十代の男性もやはり、背後の男の足音を耳にするだけで振り向きはしない。非常階段を上って屋上に至るまで、男はいつもどおり、そこに存在するが存在しない、いない、いないようでいる。

ここは十九階建てのビル。道路に面しているが、十階建て以上の建物がほとんどない向かいのビル群から、わざわざこの屋上を見上げることはほとんど考えられない。しかもビルの裏手は住宅街だ。人目を避けて数日過ごすには誂《あつら》え向きな空間といえる。十九階を過ぎ、屋上に出るスチール製の非常扉を開けると、ひゅうっ、風が吹く。風の端には冬の気配が感じられる。あとひと月、いや半月もすれば機嫌を損ねた神の吐息のような冷たい風が四方から吹きつけるだろうが、そうなるとあいつのためにも市庁《シチョン》駅やソウル駅の地下道にでもねぐらなければならない。それまではなんとかここに落ち着きたい。ねぐらを変えるたびに思うことだが、今度もまたここが終《つい》の住処《すみか》になるやもしれず、という思いから男はわずかばかり厳《おごそ》かな気持ちにもなる。

屋上のコンクリートの床には、コバルト色が薄く差した闇が深まりつつある。男が歩を進めるたびに、深い闇は力なく四方に散らばり、またすぐに男の足元に纏《まと》いつく。周りを見渡す。男の視線は、左手のビルの屋上に掲げられた電飾看板にしばし留まる。男が引き当てた本日最後の当たりくじといったところだ。枠にダクトレールのスポットライトまでぎっしり施された、ブルーの光を醸す大型看板は、ここにいる間、ありがたい照明の役割を果たしてくれることだろう。誤ってインスタントラーメンの鍋をひっくり返す心配も、あいつの棘《とげ》が指先に刺さる心配もいらない。

ひとまずステンレス製の貯水タンクと冷却塔の間に郵便局の集配鞄《かばん》を下ろす。鞄というよりも、集配袋と呼ぶにふさわしい。三か月ほど前に、郵便配達員のバイクから盗んできたこの袋は、ビルに出入りする際にうってつけの保護色になる。とはいえ、今日のように難なく屋上に上がれる日がほとんどで、ビルに入るなり胡乱《うろん》な目を向けられ、つまみ出されたのは数えるほどしかないが、とにかく人の目そのものが苦痛ではあった。集配袋を手に入れてからは、ビルをうろつく男に目をくれる人間はいない。

実は男は、ソウル市内のビルの屋上はどこも、足を伸ばして寝られるフラットな床と、いつでも水をすくって飲める貯水タンクがあるということを、ビルを去った後で知った。ビルの中にあるオフィスで一日十時間以上も働いていた頃は、屋上に何があるのか関心もなく、関心がないのでわざわざ屋上に行くことは一度もなかった。ご丁寧に教えてくれる人もいなければ、いかなる本にも載っていないようなこの種のささいな悟りは、心臓がはちきれそうなほどの苦痛を味わった後になってようやく気づくものだ。無数の人々がうごめく大きなビルほど、ソウル駅や市庁駅よりもずっとゆったり過ごせることを知るまで、男はパトロール中の警備員たちによる非人間的な足蹴《あしげ》に耐え、終電めがけて駆け抜ける女たちの、蔑《さげす》みと同情をないまぜにした視線を冷静に受け止めなければならなかった。しかし、ビルの屋上には誰も、いかなる視線も、なかった。ひとまず屋上まで無事にたどり着けば、そこは男の世界になった。おまけにビルの守衛というのは、たいていは睡魔と闘っているか、あるいは巡回中というプレートを隠れ蓑《みの》にして何時間も戻ってこない。ビルに入居しているさまざまな企業で働く人々とすれ違っても、男が懸念していたことはほとんど起こらなかった。彼らは廊下や非常階段で覆面の男を目撃したとしても、通報するゆとりのない人種だ。というよりも、彼らはとにかく責任を持つという状況を回避したいのだ。第一目撃者はそれだけで多くの責任を背負わされ、それはつまり時間を奪われることを意味する。二年前までの男がそうだったように、覚醒している時間のほとんどを密閉されたビルの中で過ごしている人々というのは、インキュベーターの中の早産児同様に脆《もろ》く、自ら患部を治癒することのできない血友病患者ででもあるかのように、わずかな傷にも大きな苦痛を訴える。彼らが恐れているのは倦怠ではなく責任。責任以上に損失を忌み嫌う。

男はひとまず腰を下ろし、まずは集配袋の紐をほどく。いつもどおり、冬物のジャンパーでしっかりくるんでおいたあいつを真っ先に取り出し、たっぷりの空気を吸わせる。この夏、江南《カンナム》のとあるビルの外階段で見つけて以来、男の相棒になった。昼間はポラメ公園やタプコル公園に出かけてベンチの上で頭まで新聞紙をかぶって眠り、夜になると都会のビルの屋上に忍び込んで寝袋の中で眠りにつくという生活は、地球上のすべての時計をぶち壊したくなるほど単調で、どうにかなりそうだった。運良くあいつに出会ってからは、時間の経過は以前よりは速くなった。時には相棒にたっぷりの空気を吸わせてやりたくなり、漢江《ハンガン》の河川敷や果川《クァチョン》にあるソウルランド〔ソウル近郊の京畿道果川市にあるテーマパーク〕まで足を延ばすこともある。もちろんそこでも男は、日陰のベンチで頭から新聞紙をかけ、死人のように、存在しない人間のようにひたすら横になってはいたが、この四か月の間に新緑から深緑に変化したあいつを眺めると、わけもなく心強く感じるものだった。そしてあいつのからだじゅうを覆う棘は以前にも増して太くたくましくなっていた。あいつにとってはこの冬が峠といえば峠かもしれない。すでに先っぽが白く脱色し始めている。

鼻を近づけて匂いを嗅いでみる。はるか遠く、砂漠地帯の燃え盛る太陽の光に乾ききった砂、たぎる渇きを秘めたサボテンの香り。か細いが、むやみに抱き寄せると傷を負わされるザラザラのあの棘が、電飾の光を浴び、たおやかに輝いている。電気の接触が悪いのか、看板の電飾は二、三分おきに点滅しては消えたかと思うとパッと明かりがつく。まるで、この世界全体が巨大なカメラに一枚一枚ゆっくりと収められていくようでもある。パシャッ、フラッシュがたかれ、点滅し、フラッシュが消えるとジー、フィルムが巻かれる音がいつまでも耳に残る。明かりが灯っては消えを繰り返すたびに、銀色の棘はゆらゆらと波打つようでもある。

いつまでも眺めていた男は、はたと気づいたかのように、袋から折り畳まれたボール紙の箱を取り出し、風除けをつくってやる。おまえ、名前くらい教えろよ。ひときわ煌《きら》めく一本の棘をさすりながら、男は冗談めかしてそうつぶやく。そいつは返事をするどころか、天敵にでも出くわしたハリネズミのように、いっそう体を尖《とが》らせて警戒態勢をとる。何があろうと甘い顔を見せない、そいつの絶妙な間合いの加減を男は気に入っている。風除けのおかげでそいつの空間は、男が座る場所よりいくらかはましなはずだ。もちろん、棘の下の柔らかな果肉には、数千年も前から伝わる灼熱の日光への憧れが息づいているのではあろうが、ギラギラの太陽を調達してやることなどできず、男がしてやれることといえばせいぜいこの程度だった。男は袋からインスタントラーメンをひと袋とカセットコンロ、そして蓋《ふた》のないアルミ鍋を取り出す。

次は水を用意する番だ。ステンレス製の貯水タンクのはしごを上り、危なっかしくてっぺんに立つ。予想どおり、タンクの蓋はびくともしない。長い間ほったらかしにしてあったのだろうから無理もない。足を踏ん張り、二、三分ほど取っ手に力を加え続けると、ようやくギギィと蓋が緩み、ベールに包まれた入り口が現れる。甘くさわやかな水の匂いよりも先に、むっとする鉄のにおいが立ち込める。井戸の水を汲み上げるように、鍋を入れて水をすくう。タンクの中にあるのは水ではなく宇宙だったのか。鍋の中は瞬《またた》く間に深い闇、その闇が埋め忘れた空間であるかのような下弦《かげん》の月が、鍋の大きさに合わせて小さくなって映し出されていた。鍋の中に入り込んでたゆたう宇宙を、ご機嫌はまずまずで、むしろ遠慮気味に吹いている神の口笛のような風がそっとかすめていった。風が吹くたびに波立つ宇宙の彼方《かなた》を見下ろすと、男は久方ぶりに微笑んでみる。パッ、明かりが灯る電飾看板に苦笑を湛《たた》えた男の横顔が一瞬照らし出されると、点滅して闇に埋もれる。

しばらくすると、男はようやくはしごを伝って下に下りてくる。乾ききった砂漠でやっと手に入れたわずかばかりの水ででもあるかのように、しっかりと鍋をつかみ、荷物のある場所に戻ってカセットコンロに火をつける。コンロは着火するが勢いがなく、いまにも消え入りそうだ。あと一、二回ラーメンを作ったらガスは切れるだろう。インスタントラーメンの数も残りわずかだ。考えてみると、最後に稼ぎに出てからすでに十日が過ぎていた。今回はよくもった。

宿泊費ばかりか光熱費や交通費も一切かからない生活で、この二年間は税金も払っていないが、他人に物乞いをせずに暮らすには、少なくともインスタントラーメンとカセットボンベくらいは必要だ。食べること自体がひどく煩わしくなり、五日間、大便を我慢したこともあった。無意味なことだった。顔が黄色く変色するほど腹の具合は最悪だったが、ラーメンはするすると喉を通った。五日目に、どうしようもなくなって地下鉄駅のトイレに駆け込んで便器に座っていると、頭の中にはこの二年間、まったく目にもしていなかった食べ物があれこれ浮かび、生唾《なまつば》まで出てきた。それはまるで、腹が満たされると無性に女を抱きたくなるときのように。まったく別物なのに、ひとつのことが満たされるとまた別の欲求が沸き起こることを、人間の体というのは肉と骨だけでできているのではないということを、いまの男は知る。人間の体内では、生き残るために最適にプログラミングされた回路が頭のてっぺんから爪先まで緊密につながっているのだ。祖先のそのまた果てしなく遠い祖先が、もしも砂漠だけで生き残っていたとしたら、人間はきっとサボテンの棘以上に優れた機能を備えていたはずだ。

いずれにしても明日の深夜にはまた稼ぎに出なければならない。慢性疲労や耐えがたい苦痛、人からの酷評といったものとは無縁のそれを、男はほぼ一週間に一度のペースで行う。自動販売機の取り出し口から腕を奥まで突っ込み、釣り銭の受け取り口のあたりを押すと、小銭が一斉に落ちてくることを知ったのは高校生のときだった。当時はタバコを買うために、仲間とつるんで面白半分でやっていたことだった。時には集金前の自販機から、小銭だけでも数十万ウォンも落ちてくることもあるが、男はいつだって百ウォン玉を十枚だけ失敬してポケットに収め、残りはまた投入口から一枚一枚戻す。最後に力の限りを尽くして自販機を押すと、小銭は機械の奥に呑み込まれていく。いくつかの自販機を転々として上がりを頂戴することはあっても、一つの機械につき千ウォン以上は手をつけない、というのが男が定めた鉄則といえば鉄則である。一週間分のラーメンとガス代なら数千ウォンでじゅうぶんだ。金が足りない週は一日二食から一食に減らせばそれまでのことだった。それ以上の金を手に入れたら、インスタントラーメン以外の別の食べ物、たとえばパックご飯やレトルトのパスタなどに目がいき、すると家に電話したくなり、公衆電話ボックスの周りをうろつきかねない。それに自販機から大金がなくなったとなると、いつの日か、「ビルを転々としながら自動販売機を狙う窃盗犯」という見出しの新聞記事が載らないとも限らない。いまのところ、千ウォンが足りないことで警察に通報した自販機のオーナーはいないようだ。

麺がちょうどいい塩梅《あんばい》に茹《ゆ》で上がった。ポケットからいつもの割り箸を出し、汲んでおいた水でさっとゆすいで麺をつまむ。この二年で食べたラーメンは千四百杯にはなるはずだ。こんなに嫌というほど食べられることがわかっていたら、それまでの三十二年間、ラーメンなど口にするんじゃなかった。なのになんだってあれほど夜食にラーメンを作ってほしいとせがんだのか。麺をすすると、顔を上げて宙を見つめ、にたつく。いつしか、向こうの暗闇からこっちの暗闇へとやってきた妻が、男と並んで地べたに座り、ゆっくり食べて、背中をさすりながらそうささやく。妻の言葉を聞き終えると同時に男は片手で口を押さえ、軽くむせる。

銀行の仕事を終えて帰宅すると、数字が小蠅《こばえ》のように目の前にちらついた。いつも空腹を感じていた。太るだけで体に良くないと言って、妻はサラダやツナのクリームスープのような栄養があってカロリーも低い手作りの夜食を用意してくれていたが、男は古漬けのキムチたっぷりのインスタントラーメンにこだわった。結婚して五年で体重は二十キログラムも増え、健康診断のたびに過体重、高血圧、肝機能の数値が高い、コレステロール値が危険、などと記された検査結果を受け取った。ビルの屋上や地下道を行き来するうちに、強欲の報いのようでもあった脂肪の塊は、方々から吹きつける風に飛ばされ、影も形もなくなったが、肌は空気が抜けたゴム毬《まり》のように張りを失い、体調は見る見る悪化していった。というよりも、悪化しているだろうと男は思い込んでいる。頻繁に眩暈《めまい》がするようになり、まれに咳き込むと血が混ざっていることもあった。胃が痛んで眠れないまま朝を迎える日も増えた。風邪も一度ひくと季節が変わるまで引きずった。

箸が進まずにいると、麺はよりいっそう、まずそうにふやける。鍋はこれ一つきりなので、明日の午後にまた使うにはスープも飲み干しておいた方が都合がいい。しかし伸びきった麺を見ると吐き気を催し、喉を通らない。目を閉じて妻の手を思い描く。男の心臓から飛び出してきたその白く細い指が、男の首をさすり、背に触れる。両脚の太腿《ふともも》を這い、さりげなく股間に滑らせると固まりつつあるペニスを握る。男は実体のない妻の手を振り払い、自ら片手をズボンの中に押し込みペニスを握りしめる。何度か上下させるとたちまち低い喘《あえ》ぎ声が漏れ、と同時にだぶだぶの綿パンが湿る。こんなとき、こんなときは誰かがそばにいて、ひとことでいいから言ってほしい。男は立ち上がるとズボンと下着を脱ぎ、袋の中にあった替えのズボンと下着に着替えながら独りつぶやく。どうってことないさ。ずっと誰かに言ってもらいたかったそのひとことをつぶやき、聞く。ああそうさ、どうってことない。こらえきれなくなってけらけら笑いだすと、屋上の床に現れた、この世で最も下衆《げす》な人間を模したかのような男の影が、男とともに肩を揺らし始める。

脱いだズボンと下着、食べ残しのラーメンなどそっちのけで、男は欄干《らんかん》の方へつかつかと進む。十九階から見下ろす街は、さっきまで人混みで肩をぶつけ合っていたのが嘘のように、なんとも小さい。そこでは、親指の爪ほどの自動車と、蟻《あり》んこほどの小さな点に縮められた人間たちが、一編の粗雑な映像となり、休む間もなく動き続けていた。ビルの屋上から街を眺めていると、少年の頃に観た「キングコング」を思い出す。あまりの巨漢に生まれついたために、その巨体ほどの孤独を余儀なくされるスクリーンのスターモンスター。男はいつしかキングコングになり、バスをつまんで車道のど真ん中に叩きつける。腕を伸ばして向かいのビルを破壊し、街路樹を引っこ抜いてサイコロでも振るかのように天高く放り投げる。点滅と同時に明かりが消え、〝パシャ〟、フラッシュと同時に映像は以前の動画に上書きされ、完璧にリセットされる。

いつものことだが、キングコングごっこは数分もすると飽きてしまう。元の場所に戻り、鍋と悪臭のする服を端に寄せると、袋の中に唯一残っていた寝袋を引っ張り出す。冷却塔の下は人ひとり寝られるくらいの隙間がある。あいつを枕元に置いて、空気を入れた寝袋を押し入れて冷却塔の下で横になる。壁のある空間にいるようで、久しぶりにからだじゅうの緊張がほぐれる。喉が渇く。目をつぶっていると、緩んだ肌から鋭い棘が突き上げてくるようだ。堅固な棘の感触にいっそう激しい喉の渇きを覚えるが、眠れない夜はそんな口の渇きにさえも心が癒される。

男はいつの間にか、頭上の太陽がいまにも弾《はじ》けそうな砂漠の真ん中にいる。砂漠の中央にはカレンダーの挿絵に使われるような美しいオアシスがあり、男はひざまずいて両手を水中に沈める。引き上げた男の手にあるのは、甘美な水ではなく、青味がかった札束だった。男は砂の上に座り込み、オアシスで手に入れた札を一枚一枚、貪り食う。

最初の渇きはこんな具合に始まった。初めは一千万ウォンあれば、それさえあれば、実体のつかめない渇きも解消されるだろうと信じた。妻は保証金《チョンセ》の安い半地下《バンジハ》か、古くて狭いアパートに越そうと言ったが、男は聞き入れなかった。事は思いのほかスムーズに進んだ。まずは大口の顧客五人の個人情報を盗み出して印鑑を偽造し、そのうちの二人の名義で口座を開いた。その口座でローンを申し込み、残りの三人を連帯保証人に仕立てた。保証人を立てる際には本人に出向いてもらうのが原則だが、銀行のローン担当だった男にとっては、それくらいはどうにでもなるさいな手続きであり、そのことを不審に思う者など誰ひとりいなかった。しかも銀行に数十億も積んである大口の顧客たちは、銀行のオンラインシステムに、たかだか数百万ウォンのローンの保証人であると記載されていることに目を留めるほど、暇ではなかった。VIP顧客なだけに、銀行がうるさく言うこともなかった。上がった分の保証金《チョンセ》、一千万ウォンを大家に支払った日、男は今日と同じように札束を貪り食う夢を見た。いくら嚙み砕いて呑み込んでも、飢渇《きかつ》は深まる一方だった。ずいぶん後になってから、男は心の真ん中に大きな穴がぽっかり空いていることに気づいた。

おそらく、その渇きのせいであろう。ここまでだ、ここまでにしようと何度も言い聞かせるものの、男はその後も五回にわたって他人名義のローンを組んだ。借り入れた約五億ウォンは、それぞれ別の銀行に開設した六つの口座に分けて預けておいた。一銭も使わなかった。誰もが一度は嵌《は》まる株や競馬にも手を出さなかった。ただ、銀行口座の金額が増えるだけで満足し、そしてすぐにまた渇きを覚えた。銀行の定期監査の時期が近づくと、男は秘かに海外移住について調べるようになった。少しでも動きがあれば、妻を説得してすぐにでもオーストラリアやスウェーデンに移住しようと決めていた折、九月だと思われていた監査が七月に前倒しになりそうだという噂が聞こえてきた。焦り始めた。移住の手続きを進め、銀行預金を海外の銀行に送金しようとした矢先のある日、男は出勤途中の車の中から、銀行の周りを妙にうろつく数人を目撃した。銀行の駐車場に入るのをやめ、そのまま素通りした。銀行から二つ目の交差点を過ぎた地点で家に電話を入れてみた。すると、怯えたような妻の声が聞こえてきた。ど、どうしたの？　い、いま会社？　それ以上のことは言わないが、妻のそばに誰かいるのは明らかだった。アクセルを踏み込んだ。銀行の周辺では刑事たちが令状の発布を待ちつつ張り込んでいるに違いない。ご、ご飯ちゃんと食べて、あなた、いいから、遠くへ逃……。わかったと返事をする間もなく電話は切れた。そうして、渇きを解消できないまま走り続けてきた男の道もそこで途絶えた。

丸二日間、車でソウル周辺を走り続けたが、この世のどこにも妻が言っていた遠い場所などなかった。バリケードを張った警察の抜き打ちの検問にでも引っかかれば、一巻の終わりだった。男はすでに指名手配されて顔写真と車のナンバーは公開されているかもしれない。三日目、男は車で漢南大橋《ハンナム》の下に行った。北太平洋と揚子江以南で発生した台風が、間もなくソウルと京畿《キョンギ》地方に上陸するというラジオのニュースを聴いた日だった。まず、妻と銀行の頭取宛てに遺書を一枚ずつ書き、車のコンソールボックスに入れておいた。妻宛ての遺書の最後には六つの銀行の口座番号と暗証番号を書いておき、着ていたスーツと靴を脱いで助手席にきちんと揃えておいた。トランクにはちょうど、最後の出張の後に出しそびれていた替えの下着と服がいくつか残っていた。財布にも当面は持ちこたえられるだけの現金が入っていた。台風の訪れを告げる激しい雨脚のなか、男は車から降りた。車はほどなく発見されるだろうが、警察が水難救助隊を動員して捜索に乗り出すのはその後になる。その頃にはすでに川は増水し、流れは急になっているだろうから、捜索は難航するはずだ。夏の盛りにもなれば、死体はすでに腐敗して海に流されたと判断を下すかもしれない。男は車を乗り捨て、その足で遠く、人気《ひとけ》の少ない場所を目指して当てもなく歩いた。

そして漢江の河川敷に車を乗り捨ててから半月が過ぎたある日、昔ながらの商店街の食堂で野球帽を目深《まぶか》に被って純豆腐《スンドゥブ》チゲを食べていた男は、客が置いていった新聞でその記事を目にした。「S相互貯蓄銀行のK代理の大胆な犯罪手口」という見出しの下では、男が三か月に及び、顧客の個人情報でローン申請と保証人を偽装して数億ウォンの金を横領したという内容が詳細に書かれていた。さらに記事はK代理の自殺と車から発見された遺書についても触れていた。記事を目で追っていた男は、後段の内容を目にした瞬間、手にしていたスプーンを落としていた。漢江の下流で犯人の死体が発見されたという文章を読んだ直後のことだった。いったい、いつ、どこで死んだ男なんだ。遠い昔、男の前世を一度生きた先祖の先祖ではないだろうか。土鍋に残っていた純豆腐チゲがその瞬間、他人の吐瀉物《としゃぶつ》のように見えた。警察ではおそらく、名もないその死体を男のものと断定し、世間を騒がせた事件の捜査を早々に打ち切ったはずだ。そして妻は、被害者の見えない場所で、判別もできないほど膨れ上がった遺体を前に、誰にも気づかれないようにむせび泣いたのだろう。死亡届を出し、別の男の遺灰を夫の名で納骨堂に安置しているはずだ。こんなことだったのか。戸惑った。遺書を書いて車から降りたときは、たしかに行方不明ではなく書類上の死を望んでいたはずだ。しかし何のために、いったい誰のために、死んだのに死んでいない人間として生きていかなければならないのか、生きているのに死んだふりをしなければならないのか、男自身にも説明がつかなかった。財布に残っていた最後の札で会計を済ませて店を出ると、夏の驟雨《しゅうう》が激しく降り注いでいた。

目を覚ます。夏が過ぎ、すでに十月に入っているのに雨脚はあのときのように強い。雨の一粒一粒に鋭利な角《かど》でも隠れているのか、金属製の冷却塔を叩く雨音はやけに尖っている。寝袋を出て冷却塔の下から這い出る。電飾看板は相変わらず風景を消してはふたたびフィルムを入れ替えてシャッターを切り直す。雨水がたまって麵があふれそうな鍋の中身を、ためらうことなく欄干の外に放り投げる。明け方の街をふらつく酔っ払いがいたら、天から降ってきた伸びきった麵を、この世の終末を告げる神の啓示と受け取ったかもしれない。

鍋を手にして今度は貯水タンクへと向かう。雨に濡れた金属のはしごが滑り、二度も足を滑らせそうになった。一度開けたタンクは、おかげで最初よりは簡単に口を開けてくれた。鍋を入れて水をすくおうとするが、男はつと、タンクの中に顔を深く浸《つ》ける。宇宙が波打つ貯水タンクの中は、生臭い鉄のにおいと水道水の消毒薬のにおいがずっしりとはびこっていた。このタンクの中に、すでに半分は摩耗しているこの厄介な肉体を葬ってしまえば、それは水葬だろうか、あるいは宇宙葬だろうか。さらに深く顔を沈める。まだその深さも、広さもつかみきれない広大な宇宙、そのどこまでも深い闇に向かい、男は声を張り上げる。俺はここぉ、ここにいるぞぉ。タンクの中では、宇宙の果てまで周回してきた声が何度もこだまする。ここにいるぞおおお、ここだあああああ。

たった一度だけ、妻を訪ねていったことがあった。事件後、八か月が過ぎた頃だった。ときどき電話をかけて、妻の声を聞くだけで受話器を置くようにしていたが、いつの日からか、現在は使われていないという機械音が応答するようになった。男からの電話をいたずらだと思ったのか、番号を変えてしまったようだ。予想どおり、妻はかつてのアパートを引き払っていた。男はしかたなく、暗記していた大家の番号に電話をかけ、警察を装って妻の引っ越し先の住所を聞き出した。さいわい、トーンを下げた男の声に大家は気づかなかった。

妻は男と暮らしていた家からそれほど離れていない、別のアパートの地下の部屋で暮らしていた。大家の話によると、男の通帳にあった預金で元金をすべて返済したにもかかわらず、被害者と名乗る者たちが高級車で乗りつけて、精神的被害の賠償をするよう妻を脅していたという。アパート前の電信柱の陰で野球帽を目深に被って待ち伏せしていた男は、重い足取りで近づいてくる妻を見つけた。自分の数十倍もの闇を背負った妻はやはり、滅入っているようだった。その背後に忍び寄った。エヨン。男は息を殺し、できる限りの小声で妻を呼んだ。その瞬間、なにげなく振り向いた妻の顔を、男は妻以上に驚愕した顔で見ることになる。お、俺だよ、エヨン。妻の目は閉ざされ、開く。妻の眼前から男が一瞬消えてふたたび現れるまでのそのわずかな間、妻の脳裏には霊安室で突きつけられた凄惨な遺体、自らの手で記入した男の死亡届がよぎったはずだ。信じられないとでもいうように両手で顔を覆い、後ずさる妻は尻もちをつく。そして奇声ともいえる悲鳴があがった。通りすがりの人々が一人ふたりと男の方に近づいてきたため、それ以上はその場にいられなくなった。そのうちの一人はすでに携帯電話で警察に通報しているようだった。野次馬たちは男を痴漢か強盗だと思ったはずだが、妻は亡霊だと思ったに違いない。もうやめて、いい加減にして！　もう出てこないでぇ！　いつまでも、哀れなほど体をガクガク震わせていた妻は、最後に声を振り絞ってそう叫んだ。妻が立ち上がる姿を見る間もなく、男は道路の反対側の路地に全速力で消えるしかなかった。そのとき頬を伝って零《こぼ》れてきた、熱を帯び、ねっとりとした液体が涙なのか、それとも不穏な亡魂《ぼうこん》を祓《はら》うための、呪いを込めた他者の唾液なのか、男には区別がつかなかった。

　その後も妻は、死んだ夫が登場する悪夢に何度もうなされる日々が続いたのだろうか。一度くらいは夫の遺灰がある納骨堂に行き、嗚咽《おえつ》したかもしれない。親しい人にはその日のことを打ち明け、暗に同情を促したかもしれず、または十字架の前にひざまずき、いい加減、哀れな霊魂を安らかに眠らせてあげてほしいと切に祈ったかもしれない。あるいは、生まれて初めて精神科を訪れ、幻視や幻聴に効く薬の処方を求めたかもしれない。男は視界を遮る雨を手の甲で拭い、一気に鍋に浮かんだ宇宙を呑み干す。ひとりの人間が跡形もなく消し去られた冷たい宇宙が男の喉を通り、数えきれないほどの星を生む。胸を開けば、爆竹が爆《は》ぜるように美しく輝く星々が、方々に浮かんでいるかもしれない。人は死んだら星になるだなんて、そんな子ども騙しの嘘を最初に触れ回った人間はどこのどいつだ。そいつに会ったら自信を持って言える気がする。人間は死んだら死体になると。いや、塵《ちり》になると。それも違う。ただ風説になるだけだと。だから死人がおろかにも噂に反して姿を現してしまうと、それは生きている人間を苛《さいな》ませる、身の毛もよだつ禍々《まがまが》しい亡霊になるのだと。方々から吹き寄せる風が、これまでどおりのスピードで肉体を削ぎ続ければ、いつかは男もまたひと握りの塵となり、影も形もなくなるのだろう。おまけに男は死後の風説をすでに使ってしまった。男に残されているのは、誰にも気づかれず、男の死を悼《いた》む者もなく、男が存在したことすら意識されることのない完璧な消滅、純然たる無のみだ。

　ふたたび、はしごを伝って下に下りてくる。だいぶ前にマンションのリサイクルごみの中から拾った、表面にふた筋のひびが入った腕時計に目を落とす。午前四時三十五分、ビルの清掃員はたいてい五時には出勤する。そろそろ退散する時間だ。いつものように人目につかない日陰で日が暮れるのを待ち、闇が降りたらやはり誰も覗き見ることのないビルの屋上に上がり、インスタントラーメンを作って食べ、手淫を終えて仮眠をとるのだ。雨でびしょ濡れになったズボンと下着を手にして階段を下りて、十九階の廊下に出る非常口の扉を開ける。ほとんどのビルと同じく施錠はされていない。トイレに入り、まずは洗面台に水を張る。ざっと水洗いして洗濯物をビニールでくるんでおかなければ。雨がやまないことには乾かせない。

そのときだった。洗濯物をすすいで蛇口を締めていたところで、慌てたような声が明け方の深い静寂を破り、折れ曲がって男の耳に伝わる。

——だ、誰だ？

男は急いで服をまとめてトイレの個室の中に入って鍵をかける。ひと呼吸おくと、蓋が閉まった便器の上にそっと上ってこっそり外を確かめてみる。やつれ顔の男が、閉まりきっていない蛇口を訝《いぶか》しげに見つめていた。ワイシャツにネクタイを緩ませているところを見ると、守衛ではなく残業中のサラリーマンのようだ。洗面台の上の長方形の鏡にその男の怯えた顔が映し出された。たしかに、誰もいないオフィスで夜中までひとり働いていたら、いくら幽霊など信じないとはいえ、ささいな物音にも本能的に恐怖を感じるものだろう。いま、あの男の頭の中では、幼い頃から見聞きしてきた怖ろしい場面が、忘却という密室の重い扉を開け、一つひとつ復元されているに違いない。不審そうな顔で辺りを見回していた男は、尿意も消え失せたのか、そのままそそくさとトイレを後にする。男は声に出さずに百まで数えると、個室から出て非常口めがけて一目散に走りだす。だ、誰だあ!?　身を隠して見張っていたのか、さっきの男の甲走った声が男の後頭部に一撃を加える。クソっ！　クソったれめ！　男はほとばしる悪たれ口を呑み込み、非常口の扉を押し開ける。

息を弾ませて屋上に駆け上がり、急いで鍋や寝袋を配達袋に突っ込むと、野球帽を拾って深く被る。最後にあいつを胸に抱えたとき、なにやら非常口から金属音が聞こえる。恐れをなした男が内側から施錠しようとしているようだった。男は力いっぱいドアに体当たりして開けると、内側の男は体勢を崩し、いつかの妻のように奇声をあげて後ろに倒れる。男は倒れた男には目もくれず、足にモーターでもついているかのごとく、死力を尽くして階段を下っていく。だ、誰だ。ま、待て！　相手の男の声が人気《ひとけ》のない階段から十二階の踊り場まで響き渡る。しかし聞こえるのは声ばかりで、男を追いかける足音はしない。

ようやくロビーが見える。加速度がついた足で、最後の五段を一挙に飛び下りる。着地すると同時に男は膝をつく。手にしていた鉢が落ちると、磁器が割れる鋭い音がロビーの薄明るい闇を散り散りにし、散らばった闇は男の足元に降り注がれる。破れた闇の中で、割れた磁器の欠片《かけら》はまるで太古の昔からそこにあったかのように、星と化して点在していた。そこでは、飢渇を覚え、次から次へと別の飢渇を生み出してきたあいつの根っこが、ぶざまにも露わになっていた。適度な温度さえ保てれば朽ちることはなく、朽ちるつもりも毛頭ない強靭な生命力を持って生まれたといえど、元いた場所を離れ、忘れ去られてしまえば、死を免《まぬが》れることはできない。少なくとも死んだように生きることを強いられる。磁器の鉢を失ったあいつは、人々に踏みつけられ、塵となり、風説になるのだ。かつては過酷な砂漠で子孫、そのまた子孫を増やし、がむしゃらに耐え抜いたそいつの名前など、結局は誰からも記憶されなくなる。男は踵《かかと》を踏んで履いた運動靴でサボテンを思いきり踏みつけて去っていく。どこへ向かうべきか。いったい、俺が犯した罪とは何なんだ。のシルエットを瞬時に呑み下す。ロビーの扉を開けると、闇色のままの早朝の空気が男男は走りながら自問し続ける。だが唇はいつもどおり結ばれたまま、答えをくれはしない。男は何も語ろうとしない無力な下唇を反射的にぎゅっと嚙む。その答えは、今生《こんじょう》を使い果たし、痛みで心臓が溶けてなくなったときにようやく見つかるのかもしれない。雨は上がっていたが、男の顔にはねっとりとした汗が滲《にじ》んでいた。

大通りの横断歩道の前でひと息つくと、道を曲がって住宅街の方へと足を向けるが、しきりに笑いがこみ上げてくる。通りには、ひと足先に一日を始める人々の姿がまばらに見える。だが、牛乳配達の小柄な中年女も、新聞を山積みにしたオートバイの少年も、足早にどこかに向かう若い恋人たちも、けらけら笑い声をあげ、おぼつかない足取りで通りを行く男を振り返りはしない。ある家のコンクリートの塀にもたれると、男は肩を揺らしてワッハッハ、ワッハッハと哄笑《こうしょう》する。今度も影は男とともに、男のように、男をまねて肩を揺らしながらワッハッハ、ワッハッハと全身で笑う。突然、笑いがやんだかと思うと、男は両の目を見開き、地面の影を見下ろす。右に傾いたその影は、左斜め向かいに立つ電信柱のものだった。自分の二倍はありそうな長い影を、男は不思議そうにしばらく見入る。もう一度、コンクリートの塀に少しずつ近づく。体を近づけるにつれ、影は徐々に男の後ろに移動し、しだいに塀の影に埋もれる。俺は……。その瞬間、男は心の奥底からゆっくりと這い上がる自らの声を聞く。なぜ……。地面に映る影がいつの間にか完全に消えているのを男は無言で見下ろす。ここに……。そこまで男の後をつけてきた屋上の電飾看板は、明かりを点滅させながら男がいる路地を照らしている。いる……んだ？　ちょうどそのとき、路地には一陣の風、遠い宇宙を巡ってやってきたそよ風が吹く。男はゆっくりと自分の顔、首と背中、腰と足に触れてみる。だが、男の手に残るのは夜明けの風ばかりで、男の体を記憶する感触はどこにもなかった。

背後に

1

鞄《かばん》を置いてコートを脱ぐと、机の上の紫色の箱が目に入る。箱の中にはチョコレートが入っているようだ。箱から染み出ている褐色の液体が机の上にうっすら広がる様子を彼女はぼんやり見つめる。ティッシュを一枚抜いて机を拭く間、箱の周りに群がっていた蟻《あり》たちが身を隠す場所を求めて一斉に逃げまどう。ティッシュを捨て、逃げ遅れた最後尾の蟻に指先を軽く当ててみる。ゴマ粒ほどの大きさの、この軽くて小さな被造物は、やがて彼女の指先で生と死の狭間を行き来する。いま、この小さな生命体にのしかかる苦痛とは、どれほどのものなのだろうか。もうこれで永遠に消えてなくなることを意識してはいるのだろうか。

——たいしたもんだわれ、ほんと。今回はチョコレート？

隣の席のNが彼女の方へ顔を上げて話しかけてくる。彼女は蟻を押さえていた指をスカートでそっと拭き、Nには会釈であいさつを済ませる。

――て言うか、その子、レズなんじゃない？

――はい？

――教師になって十五年になるけど、女の先生をここまで追っかけ回す女子生徒は初めてよ。ほんとにおかしな子だわ。

Nはそう言うと眉間《みけん》に皺《しわ》を寄せる。考えただけでも汚《けが》らわしいと言わんばかりの表情だ。彼女も同感ではある。彼女の周りのすべての人間がそう思っているように、Mにはたしかにおかしなところがある。しかし、Mのどこが、周囲におかしな生徒だと思わせて敬遠させるのかが、彼女にはわからない。笑っていてもあざ笑っているかのように映り、泣いても気を引くための演技としか思われない妙な雰囲気は、その生徒の視線とぶつかるすべての人間をわけもなくうんざりさせる。Mは、この学校では名の知れたいじめられっ子だ。

一時間目のチャイムが鳴る前に、彼女は教科書と出席簿、指示棒を持って職員室を出る。廊下には授業開始まぎわに売店に行き来する生徒たちがあふれている。生徒たちの制服の襟元から、あるいは彼女たちが引き連れてきた冬の風に乗って、食べ物のにおいが漂う。わずか数歩歩いたところで彼女は片手を壁につき、呼吸を整える。つわりは母親譲りだ。母はつわりに耐えきれず、三度の妊娠のたびに父には内緒で自然流産を試みた。心ない母方のおばからその秘め事を聞いた日、ひと晩中、悪夢にうなされたことを覚えている。しかし彼女の母親は、それぞれ二歳差の三人の子どもを無事に産み落とし、二十代後半と三十代前半を、激しい産後うつを繰り返すことで消耗した。子どもたちに目を向けてあやす時間より、目を背《そむ》けて放置する時間の方が長かった母親は、結局、三人の子どものうち二人を失った。一人は三歳、もう一人は五歳だった。必ずしも母親だけのせいとは言いきれないが、いずれにしてもその出来事の後、彼女は母親とは距離を置く手合いの少女となって成長していった。

長い間忘れていた妹たちと再会したのは、母が肺癌で亡くなった直後だった。霊安室の廊下にしゃがみ込んで、ひそひそ話をしながら笑っていた二人の少女が妹たちであることを、十六歳の彼女は本能的に察知した。恐る恐る近づくと、二人はシミュレーションの画面が消え入るようにその場から跡形もなく消えた。その日以来、彼女の背後に佇《たたず》む少女たちは、彼女とともに歳《とし》を重ねていった。時が経ち、少女たちは成長するにつれ神経質になっていった。好奇心や憧れの目で彼女の肩越しに覗いていた二人は、いつの頃からか、敵意と嫉妬むき出しの視線で彼女の背中を射抜くようになった。食事をしているとき、お茶を飲みながら読書をしている最中も、彼女は自分が生きていることを激しく嫉妬している二人の視線を感じた。いま、つわりによる吐き気に耐えているこの瞬間にも、一人の内緒話とせせら笑いで耳がうずく。

とうとう耐えきれず、壁に寄りかかって何度も空嘔《からえずき》をする彼女の姿を三、四人の生徒が横目に通り過ぎる。学校という所では噂はあっという間に広まる。未婚の彼女が何度か同じような姿を見せれば、冬休み前には校長室に呼び出されて、それとなく退職を促されるかもしれない。遅くとも今月中には病院に行かなければ。そう考えただけで、脆《もろ》い肉体を苦しめていた強烈な吐き気は一気に引いていった。

足早にトイレに入ると、ちょうど一時間目の始まりを告げるチャイムが聞こえてくる。慌ててトイレから出てくる生徒たちは、急いでグレーの制服のスカートを下ろして身なりを整える。生徒たちがあたふたと出ていく間、彼女はトイレの隅に立ちつくし、ゆっくりと深呼吸する。

——朝っぱらから、縁起悪い。

二年十一組の学級委員長の声だ。顔を上げて相手を見るまでもなく、彼女はすでに戦意を喪失していた。彼女と生徒の視線がしばし空中でぶつかる。さらさらのボブカットの内側に見え隠れする尖《とが》った耳介《じかい》には、いつもどおり小粒のピアスが光る。

去年の一学期の中間試験期間中、彼女はペナルティ四十点をつけた校則違反カードをその生徒の顔に投げつけ、二、三度平手打ちをした。興奮していたせいで、周りを意識する余裕などなかった。カードの違反項目の欄には「ピアス」と記入したはずだ。先生、Mが学級委員長の答えをカンニングしたんです。わたしたちが証人です。ハサミを持っていた生徒のうちの一人が、出ていこうとする彼女を引きとめ、焦った様子でそんなことも言った。だから、それで学級委員長の言うとおりにみんなで寄ってたかってMの制服をビリビリにしたっていうの？　その生徒の胸ぐらをつかんで問いつめたいところだったが、彼女はその場に立ちすくんでしまった。どう見ても無残な被害者のように、ブラウスとスカートをずたずたに切り刻まれて教室の床に伏せていたMが、いつの間にか彼女をじっと見つめていたのだ。そのときのMの表情は忘れられない。ずっと独りだった人間だけが、これからはもう独りではないことを知ったときに呈することのできる、そんな表情だった。そのとき、いつも背後で彼女のあらゆる行動に敵対心を向けていた死んだ妹たちの視線を思い出し、抑えようのない羞恥心と抱えきれないプレッシャーが一挙に押し寄せた。生徒たちに囲まれながら、これ見よがしにMに救いの手を差し伸べるだなんて、教師としての使命や信念など端《はな》から考えたこともない人間にはまったく似つかわしくない突発的な行動だと詰《なじ》る声が、背後から聞こえてくるようでもあった。

腕組みしている十一組の学級委員長は、堂々と顔を上げたまま彼女から視線を外さない。事件の一週間後、彼女は校長室に呼び出され、PTAの会長をしているその生徒の母親の前で始末書を書かされた。だが、始末書を書いたことよりも戸惑ったのは、Mの態度が変わったことだった。Mは自分にできる最上級の貢ぎ物を一つ残らず彼女に捧げることを決意したかのように、週に一度、一度も欠かすことなく贈り物をするようになった。授業中、チーズケーキが食べたくなったとなんとなく口にした日、Mがどしゃ降りの中を、彼女が好きなメーカーのチーズケーキを買ってきたときは、空恐ろしさに閉口した。その日を境に、Mの顔をまともに見られなくもなった。

ほどなく、彼女はいつものように十一組の学級委員長より先に視線を外す。教員用の個室に入り、乱暴にドアを閉めて鍵をかけるが、あざ笑う声が閉ざされた扉を突き抜けて彼女の耳に届く。彼女はタイルの壁にもたれ、またも痛みが走る下腹部をさする。Sにはまだ何も話していない。いつからか、Sとは長い会話をしなくなった。

昨晩、Sは泥酔して彼女のマンションを訪ねてきた。夜中の四時頃にはいつものようにSの唸《うな》り声で目が覚めた。昨夜もSは夢の中であの未決囚の兵士に会っていたのだろう。軍隊で形成されたSの記憶は、現実とわずか数歩ほど離れた所にあり、彼はいつでも気軽に自身の記憶の中に入り込んで、自ら意識のとば口を密閉することができた。夢の内容はいつも同じだった。未決囚の兵士は憲兵のように檻の外側に立ち、憲兵だったSは檻の内側に閉じ込められて聖書を読んでいる。いつしか未決囚は檻の中に入ってきて、壁を向いて正座しているSの首を絞め、Sは苦痛にあえぐ。Sは、ひとりではなかなか目覚められない。Sの肩を揺すって起こす日も多かった。夢から覚めたSに、もう夢の中ではないことを知らせるために、力いっぱい彼の背中をさすってあげたこともあった。助けてくれ。昨夜、かすかだが切なる声をあげるSを、しかし彼女は起こさなかった。その代わりに、両手でSの首をそっと絞めてみた。夜中にSを訪れたその兵士は、Sの夢のわずかな隙間をこじ開けて出てきて、蒼白《あおじろ》い顔で彼女をまじまじと見上げていたかもしれない。そしてSは、無意識の底で、いつになくリアルで具現化された苦痛を感じたはずだ。

服を整え、セーターのポケットから紫色の箱を取り出す。箱の中にはすでに溶けて原型を失いつつあるハート型のチョコレートが無秩序に重なり合っている。ひと目で、コンビニやスイーツの店で買ってきたものではない、時間をかけ心を込めて手作りしたチョコレートであることがわかる。蓋の内側についていたパステルカラーのポストカードは読みもせずにごみ箱に捨て、チョコを一つ残らず便器に放り込むと、レバーを下ろす。彼女はMからの贈り物と手紙を毎回こうして処理している。だが、そのことで、みんなに無視《シカト》されているあの女子生徒に罪悪感を感じたことは、ただの一度もなかった。

2

二時間目の授業を終え、職員室に戻ってマグカップにインスタントコーヒーを淹《い》れる。二時間目の授業がなかったNは、クッションに顔をうずめてぐっすり寝入っている。彼女は教科書とマグカップを机の上に置き、音を立てないように椅子を引いて座る。寝返りを打つNが彼女の方に顔を向ける。昨日も飲み過ぎたのか、Nが吐く息にはかすかにアルコールのにおいが混ざる。四十過ぎの未婚女性で、彼女が知る限りでは地球上で最もおしゃべり好きのNは、ここ最近、酒のにおいをさせて出勤する日が増えた。誰もいない部屋でひとり、グラスを傾けて絶えず独り言をつぶやくNの姿というのは、毎度必要以上に想像が膨らむ。彼女は窓辺に顔を向ける。窓の外の空は厚く薄暗い雲に覆われていて、いまにも雪が降りだしそうだ。

――雪でも降りそうね。

いつの間にか目覚めたNの気だるそうな声が聞こえてくる。Nの方に顔を向け、そうですね、と彼女はうわの空で相槌を打つ。返事をしないとNに嫌味を言われる。

――はあ、このぶんだとまた生徒たちに歌を歌ってほしいだの、初恋の話をしてほしいだのってせがまれそうね。

そう言うとNは上半身を起こす。すでに職員室の窓を開けて過去へと向かっているNの瞳は、碧《あお》く湿る。いま、Nの想念の中から無理やりずるずると引きずり出されている初恋の相手は誰だろうか。遠い昔に学生運動に加わり、逃げるように留学に行ってしまった学生かもしれず、あるいは名前を聞けば誰もが知るリベラル派の記者かもしれない。または、すでにいくつかの芸術性の高い短編映画を撮ったという無名の映画監督かもしれない。ともすると、その全員をミックスさせた架空の人物かも。Nの過去の中には、そんな、歳《とし》をとることのない純粋な青年ばかりが棲みついている。たまに開かれる飲み会の席になると彼女だけにそっと耳打ちしてくれた男たちの話を、しかし彼女は信じてはいない。学生運動に傾倒していた留学生が記者になることもあれば、記者が無名の映画監督になり、あるときは無名の監督が学生運動の学生になることもあった。彼らの素性について彼女が本気で一つひとつ問いただせば、Nは目を丸くして彼女を凝視し、挙げ句には絶望的な顔で号泣しかねない。

――ハン先生！　放課後の自習の時間に、僕の代わりに監督に入ってもらえませんかって訊いてるんですよ。

至近距離で聞こえてくる誰かの声に、彼女はようやく顔を向ける。いつもくたびれた体操着ばかり着ている体育教師のKが、すぐ横に来て彼女を見下ろしていた。Nはすましたような顔を繕《つくろ》うと、生物の教科書を大げさに繰り始める。四十代でバツイチのKが、Nに気があるという噂は彼女の耳にも入っていた。彼女は努めてつくり笑いを浮かべ、別にかまわないですよ、とKに告げた。Kはにっこり笑い、会釈すると急ぎ足で職員室を出ていく。

――ふん。この前、わたしになんて言ったと思う？　一緒に旅行に行かないかですって。冗談じゃないわよ。ハゲのバツイチと旅行だなんて。

いつの間にか彼女にぴったり体を寄せていたNがそうささやく。彼女はうなずきながら、赤く色づいたNの耳をぼんやり眺める。KがNに気があるという噂も、ともするとNの頭の中で長い間脚色されてきた、また別のレパートリーなのかもしれないと思う。

――ところで、あなたいつ結婚するの？

Nはふたたび彼女の耳元で小声で訊く。Nに話したこともないのに、Nは彼女に彼氏がいることを知っていた。Sとの電話で彼女がただ「ううん」や「うん」と返すのを横で聞いて、Nは恋人同士の甘い会話だと思い込んだ。もちろん、NにSの話をしたところで、まったくNの興味を引かないことを彼女は知っている。たとえば、過去を呼び戻して現在を消耗し、その苦痛によってじゅうぶん代償を払っていると思い込んでいるSの愚かさについて語ったとしたら、Nは欠伸《あくび》をしながらすぐに話題を変えようとするはずだ。

――あなたのその癖《くせ》、よくないわよ。人と話しててうわの空になるところ。

やはりNは何かひとこと言わなければ気が済まない。そうではなくて、と説明しようとする彼女の話には耳を貸さず、Nは無表情に教科書と出席簿をまとめて授業の準備を始める。彼女はもう自分を見ていないNの横顔を見やり、ふたたび窓の外に目を向ける。誰かが慌てて街全体の照明を落としてしまったかのように、窓の外は暗く曇ったままだ。彼女は冷たくなった苦いコーヒーを飲みながら、闇色の風だけが吹き立つ校庭をいつまでも見つめる。

3

とくに意識していたわけではなかったが、彼女にとってはSが初めての恋愛相手となり、また唯一の相手でもあった。彼女の若かりし日々には、架空の恋人候補となるような青年すら登場しなかった。もちろん、Sと別れることを考えたことがなかったわけではない。教員採用試験専門の予備校の前にあった電話ボックスからSの部隊に電話をかけた日も、そんな日だった。数人に取り次いでもらった末にSが電話口に出ると、彼女は日頃考えていたとおり、すげなく別れを告げた。理由などなかった。理由はないと言う彼女に、Sはどういうことか説明しろと声を張り上げた。Sの怒声が続くなか、彼女は受話器を置いた。いつもと変わらない一日だった。彼女はふたたび予備校に戻り、いつもどおり十時まで講義を聴いて予備校内の自習室で一時間ほど復習もした。すべてがあまりにスムーズで、家に帰る頃にはSの名前すらおぼろげになった。そしてSは、彼女の人生からすっかりデリート《消去》されたかのように思われた。

　Sとよりを戻したのは、その日から一年ほど過ぎてからだった。除隊後、訪ねてくるとは思っていなかったので、酒に酔って家の前の街灯の下で倒れていた私服のSに気づくまでにはだいぶ時間がかかった。

　人が死んだ。俺が、殺した。

　夜通し開いている近所の飲み屋に入り、そしてSはそう言った。不安を訴えるような激しく揺れるSの眼を避けるようにして、彼女は冷えた苦いビールをあおり続けた。それからだいぶ先になってからSは、自分の歪んだ軍生活は電話越しに別れを告げられたあの日の夜の寒さから始まった、と打ち明けたが、Sの思惑はその晩すでに彼女にはお見通しだった。一連の出来事が起きたのは彼女の責任でもあり、だから勝手に別れることは許されないと言わんとするSの本音を、すでに二人は人生の共犯者であって退屈で歪んだ未来を共有しているのだと強弁しようとする、そんな勝手な言いぐさも。海兵隊内の営倉《えいそう》で憲兵として服務している間、拘置所の内と外を混同し、時には中にいる未決囚たちが自分を見張っているように思えたと、ビールジョッキを置く彼女の手をつかみ、Sはそんなことも言った。彼女からの一本の電話の後、Sは失恋の痛手ではなく、はっきりと二分されることのない世界に惑い、やがてパニックに陥ったのであろう。ある日は鉄格子の扉を開けて中に入り、正座で考え事をしている青い囚人服を着た未決の兵士たちを軍《ぐん》靴《か》で蹴り上げたと言い、時折、彼らを引きずり出して鉄格子に吊るして一人ずつ殴打するよう命令したこともあったというSの懺悔の告白に、彼女はじっと耳を傾けた。

ところが、あいつが死んじまったんだ。その前の日、犬みたいに吠えて飯を食えって言ったんだ。なんともなかったのに……。それまでの一年間、何も起こらなかったのに……。あいつ、聖書に隠しておいた鏡でその晩、動脈を切りやがって……。くそっ、女々《めめ》しいヤツめ、俺だけじゃなかったんだ！

彼女は驚かなかった。ただ、青筋を立てながら声を張り上げると、今度は息もつけないほどけらけら空笑いするSの背中をさすり、大丈夫《ケンチャンタ》、という言葉だけを繰り返した。そして彼女が目にしたSの瞳は潤んでいた。もう二度とSと別れることはできない自分の未来を、そのとき彼女はなんとなく予感した。Sにぐっと体を寄せた彼女はSの手を取り、自分のセーターの中に導き入れる。寒さでかじかんだSの手には、やがて汗が滲《にじ》む。その日以来、愚痴と沈黙、荒れた手と湿った胸がすべてとなったSとの恋愛は、長い間続いている。

その後、かなりの月日が流れた。

時がどんな方法でSを治癒していったのか、はっきりとはわからないが、いずれにしてもSはいま、夢の中だけで過去と向き合い、他人に癒されるような弱さは見せない。ベッドを共にして朝を迎えた日には、Sと彼女は急いで出勤の準備をし、心の欠片《かけら》も感じられないあいさつを交わしてそれぞれの職場に向かう。寝そべって呑気《のんき》にテレビを見たり、新聞を読んだりしているSを見かけると、彼女は背後から、人殺し、とささやきたくなる衝動を抑えるのに苦労した。いまのところ、彼女はよく我慢している。思いのほか深く寛大な忍耐力で。その言葉さえ口にしなければ、Sから先に彼女に別れを切り出すことはないだろう。つまり三年前、飲み屋で予感したとおり、彼女とSは、来る日も来る日も退屈で歪んだ未来を迎えているといったところだ。しかしそれは、実は誰のせいでもない。

4

昼休み前というのもあってか、それとも曇り空のせいか、生徒たちは授業の間じゅう、気もそぞろな様子で窓の外を眺めている。終業のチャイムが鳴るまであと十数分というところで、彼女は寛容であるかのように、生徒たちに自習をさせた。数人の生徒たちはすでにスニーカーの紐を結び直し、カウントダウンの態勢に入っている。机に突っ伏す生徒もいれば、昨日放送されたテレビドラマや最近スキャンダルを起こした芸能人の話をする生徒たちもいる。彼女は窓辺の壁に寄りかかり、日没前のようにますます暗くなる校庭を見下ろすが、チャイムが鳴るとすぐにそっと教室を出る。

ほとんどの教師がすでに食事に出たようで、職員室は閑散としている。最初につわりが起きて以来、彼女は学校では食事をしない。空腹に耐えられそうにないときは売店でパンと牛乳を買い、誰もいない教室で急いで食べることもあった。それすらも途中で吐き気を催し、まともに済ませたことはほとんどない。

――いよいよ終末か？

席に着いて出席簿をチェックしようとすると、背後で教頭の低音の声が聞こえてくる。ゆっくり振り返る。窓辺に立ち、後ろ手を組んだ教頭は、まるで不幸を目撃してしまった老いた占い師のように深いため息をもらす。もう窓の外は真っ暗だ。職員室の壁に掛かった時計の時針と分針は正午を指しているが、真っ赤な嘘のように思え、校庭の向こうの住宅街は、災害を目前に一斉に停電してしまった都市のように索漠《さくばく》としている。

——教頭先生！　みんなで懺悔でもしますか。さあさあ、懺悔しましょう。そして天国に行こうじゃないですか。

職員室の隅にある洗面台で歯を磨いていた一年の学年主任が、歯磨き粉を四方に飛ばしながらそう言うと、職員室には数人の教師の苦笑いまじりの笑い声がにわかに響く。窓の外では、終末の前日にふさわしい写実的な効果音のような、角材の乾いた音が最前からうら悲しく聞こえてきていた。彼女は出席簿を閉じ、席を立って窓辺に向かう。十人ほどの生徒たちがサッカーのゴール付近で体罰を受けていた。今朝遅刻をしたか、たいしたこともない校則違反をした子たちなのだろう。うつぶせの生徒たちの尻に角材を振りかざすKのよれよれの体操着が風ではためく様子を、彼女は無言で眺める。いかにも人のよさそうな笑顔を見せるKだが、角材を振りかざすときは、時折、わけもなく狂気に囚われた人間のような表情を見せる。

あいつが俺の首を絞めるんだ。

Sは悪夢から目覚めるたびに同じ言葉を繰り返した。そんなときは、毎朝、お洒落《しゃれ》なスーツに身を包んで銀行に出勤していくSの日常的な姿が想像できなかった。しかもSは、親切な笑顔を浮かべて顧客の相談に乗るのが仕事の人間だ。かつてのような「大丈夫《ケンチャンタ》」という言葉を、彼女はSに言わなくなった、ただの一度も。ただ、声を漏らさずひそかにSの苦痛をせせら笑うだけ。妹たちとともに、長い間。さいわい、早々に昼ご飯を済ませて教室から校庭に出てくる生徒の数が増えるにつれ、Sの残影も消えていった。生徒たちは乾いた角材の音を気にする様子もなく、雪が降りだした校庭の真ん中をそぞろに歩きながら、孵化したばかりの小鳥たちのようにさえずっていた。

——何してるのよ、こんな所で。

Nだ。Nは彼女の横に並んで立つ。窓ガラスには蒼《あお》い顔をした二人の女が取り籠《こ》められる。まるで不条理劇の女優たちのようだ。窓に反射する職員室の薄明るい蛍光灯が、沈黙する二人の女優に当たる。Nが彼女に目をやる。

——どうしたのよ、冷や汗かいて。自習の監督、引き受けて大丈夫なの?

彼女の額に手を伸ばそうとするNを避けるように、彼女は一歩後ずさる。こんなとき、Nの額は不快感で上気《じょうき》する。とっさに彼女は笑う。Nは首をかしげる。彼女は口元を吊り上げ、必死に笑う。不必要なことに不必要なエネルギーを注ぎ、人との関係をこじらせたくはない。そんな関係は母親ひとりでじゅうぶんだった。

——やっぱりまだみんな子どもなのね。あんなにはしゃいで。

何事もなかったかのように、Nは窓の外に目を向けて独り言のようにそうつぶやく。彼女もNの視線を辿り、いつの間にかぼた雪と化した雪の中を駆け回る生徒たちの姿を眺める。Nの言うように、じゃれ合いながら腰にからみついて笑い声をあげる生徒たち一人ひとりはみな天真爛漫に見える。しかし、あの灰色の制服の一群の中にMの姿はない。Mは永遠に、決してあの輪の中に入ることはないのだろう。

母は最初に末っ子を捨てた。妹二人がそれぞれソファとリビングの床で寝ていて、引きつけを起こしそうなほど泣きわめいていた日だった。ソファで寝ていた末っ子をベランダの窓の外に捨てると、母は落ち着き払って部屋に戻り、テーブルの方へと逃げる次女を連れてきて、やはり落ち着いてベランダの向こうに放り投げた。軍人だった父は、押し入れの金庫にしまっておいたレボルバーを何度も取り出し、凝視していたが、実弾が装着されていない銃は現実を何ひとつ変えられなかった。七歳の彼女が泣きながらその日の話をすると、父は冷静だが愛情を湛《たた》えた目でひとり残った娘の髪を撫《な》でながら、それは夢の中の出来事だと言ってくれた。あれは事故だった。誰もがそう言った。実際にベランダの低い鉄格子の欄干は、事故後、外側に曲がって切断されていた。夢だったようだ。そう、たしかにそれは夢だった。母方のおばから母が流産を試みた話さえ聞かされなければ、考えつきもしないばかげた夢のはずだった。しかも同じマンションの向かいの棟では、妹たちがふざけていて、強度が脆《もろ》かったベランダの欄干が折れ曲がり、同時に墜落するところを見たという目撃者まで現れた。そのすべてが夢であり、想像であることを知りながらも、彼女は長い間、そんな空想の世界に閉じこもるしかない自分が理解できず、苦しんだ。母はテレビから半径二メートル以内で残りの人生の九割方を過ごした。侵された肺から広がっていった癌細胞を大切に育てながら。時折、寝室のドアに鍵をかけて泣き続けることもあったが、その悲しみは、父にも彼女にもどうしてやることもできなかった。十六になると、父親に新たな家庭ができたが彼女はついていかなかった。そこは彼女が入れない、入ってはいけない世界だった。いくら過去から必死に逃れようとしても、そんな世界は常に彼女の周りに存在した。手に入れることも、足を踏み入れることも許されない世界に、彼女は決して憧れや好奇心を抱くことはなかった。それが、彼女が悟った生の理《ことわり》だった。

いつかMにも、彼女が唯一会得した、この明快な生の真理を教えてあげたいと思う。それがあんたの人生だと、どこにも組み入れられることのない、残忍なほど孤独な人生こそがあんたのものだと、彼女はじっくりと話して聞かせるつもりだ。当然、そのときはMの眼を見据え、言い淀むなんてことはあってはならない。それを思っただけで、彼女の心は浮き立つ。

いつしか、授業開始を告げる機械的なチャイムの音が学校中に響き渡る。校庭を埋めていた人だかりが校舎の中に急速に吸い込まれていく。Mの姿は、やはり見当たらない。

――ハン先生！　授業行かないの？

Nはすでに職員室の出入り口の前にいた。これで闇色の窓に閉じ込められているのは彼女だけだ。窓ガラスに映る彼女は、終末まぎわの最後の一日、停電した暗闇の街をもの怖《お》じせずさまよう者を思わせ、ひどく疲れて見える。彼女は妹二人が手を振りながら、自分たちに目を向けるようにと声をあげる窓の外の世界に、ゆっくりと、背を向ける。

5

授業がすべて終わり、掃除の時間も過ぎると、学校はホラー映画のセットのようにひっそり静まりかえっているものだ。明かりが灯るのは五階にある閲覧室と廊下、トイレだけだった。放課後の自習を申し込んでいる生徒は各クラスに五人ほどで、フロア全体が自習用に設けられた閲覧室が埋まることは一度もなかった。座席表と自習日誌を手にして中に入ると、五十人ほどの生徒たちがまばらに座って勉強していた。大学入試も終わり、三年生がいないうえに、申し込んでも現れない生徒もいたのでいっそうがらんとしていた。いずれにしても一時間目の自習が終われば、そのうちの半数以上は近くのインターネットカフェやカラオケ店に移動するはずだ。彼女は湯気の立つマグカップを教卓に置き、閲覧室をそっと抜け出す。薄暗い廊下を歩く間、靴音は遠くまで響き、廊下の一番奥まで届くとやがて彼女の長い影を追いかけて戻ってきて、また遠のいていく。

——先生！

三階の廊下に差しかかると、聞き覚えのある声がどこからともなく聞こえてくる。驚いた彼女は辺りを見回す。その声がMのものであることを知りながらも、廊下の端からゆっくりと彼女のもとへと近づいてくるMの顔を認めた瞬間、彼女は反射的に後ずさる。

——あ、まだ下校してなかったの？

目の前まで来ていたMを、初対面であるかのようにぎこちなく見つめ、彼女は慎重に言葉を選ぶ。Mは頭を掻きながらうなずく。うっすらとだが、Mのうなじが赤くなるのを、彼女は煩わしそうに顔をしかめながら見る。

——そうだ、先生！　あれ、どうでした？

不自然なほどに明るい笑顔を見せながらMが訊く。彼女はMの視線を避けるようにして、おいしかったと、本当においしいチョコレートだったと、なんとか告げる。

——やだ先生、嘘つかないでくださいよ。

——え、え？

——手作りだったのに……、なんで食べてくれなかったんですか？

——……！

彼女は言葉を失い、両目を瞬《しばた》かせながらMを見る。トイレのごみ箱に捨ててきた紫色の包装紙と箱、ポストカードが一つひとつ目に浮かび、いまのこの状況にふさわしい台詞はどれも自動削除される。いいですよ。Mはすべてお見通しだと言わんばかりに大人びた微笑を浮かべ、もう一歩彼女に接近する。

——気にしないでください、先生。今度はもっとおいしく作りますから。

自分自身に言い聞かせるかのように、一言ひとことに力を込めてMはつぶやく。そのとき、自習室から抜け出してきた二人の女子生徒が階段を下りてくるのが目に入る。Mは慌てて一礼すると、階下に走り去る。Mが視界から完全に消えるまで、彼女はその場から一歩も動けなかった。

英語、どうしちゃったの？　いつものことじゃん。生徒たちは聞こえよがしに彼女の話をしながら通り過ぎていく。彼女は二人を咎《とが》めない。追いかけていってクラスと名前を確認して出席簿に記すこともしない。ただ、自分はなぜここにこうして立ちつくしているのか、それだけを考え続ける。

しばらくして、二人の女子生徒の姿も見えなくなるとようやく、彼女は一階の入り口へと下りていく。入り口の開いている扉から雪が舞うようにして中に吹き込んでいた。滑りやすいコンクリートの床を経て雪の中へと歩を進める。足首まで積もった雪のせいでくるぶしの周辺がかじかむ。雪道は完全に他人の痕跡を消していた。校舎の裏手に回り、調理室との間の小さな空き地に向かう。空き地では、残飯入れに使われているオレンジ色のプラスチック製のバケツが、雪が積もらないように軒下にぎっしり並べられている。昼と夜間の給食の後に残った生ごみは網で水気を切ってからバケツに捨てられる。他人の吐瀉物《としゃぶつ》のような生ごみは不快だが、この時間に生徒と出くわす恐れがない場所はここしかない。彼女は壁にもたれ、ポケットから携帯電話を取り出すとSの番号を押す。彼に、まだ話していない話をするのも悪くない夜だ。

Sは電話に出ない。

彼女はうずくまり、携帯電話を落とした。吐き気はあまりに強烈で、こんなときはまだほとんど形をなさないであろうこの小さな生命体との、根深い不和を予見させるようでもある。もしもし？　落とした電話からSの声が漏れてくる。袖で口元を拭い、急いで電話を拾う。しかし彼女が言葉を発しようとした瞬間、電話は切れてしまった。こっちの話も聞いてくれない？　そう切り出そうと思っていた。思い出せないの、そう言ったときに彼が、なんのことだ？　と訊いてくれたら、あのときのことが、と答えようとも思っていた。妹たちが欄干から落ちたとき、わたしがどこにいて何をしていたのか思い出せないことを、哀れな妹たちが生きている場所はわたしの背後だという話を、実はこれまで誰にも打ち明けたことのないこの話をしてあげようと思っていた。本当の苦痛とはこういうもの。思い出そうとしても思い出すことのできない状態。だから、つらいふりをするのはもうやめにしない？　諭《さと》すように、自分の愚かさを彼に気づかせてあげたかった。

携帯電話をポケットに戻し、両手で膝を抱える。銀行から帰宅して服を着替えていたであろうSは、切れた電話を見下ろしながら首をかしげているはずだ。あと数時間もすればSが寝る時間だ。死んだ兵士は今晩もSのもとを訪れるのだろうか。若い兵士はまだ知らずにいる。自分のひたむきな訪問が、いまのSにとってはただ、痛みのない苦しみにすぎないということを。しかもSの日常を完成させるささいなルーティンにさえなっているということに、まったく気づきもしない。規則正しい生活を送って平均睡眠時間を維持している現在のSに、普通の暮らしなど考えられないほどの深い苦しみを見いだそうともしている。しかしSは、若い兵士の願いとは裏腹に狂うこともなければ、ガラスの破片で手首を切るなんてことは考えも及ばないはずだ。若い兵士は無念だろうが、Sは背後の世界など見たこともない。若い軍人は夜毎《よごと》、無駄足を踏んでいるといったところだ。

二度目の嘔吐は喉ではなく、心臓から湧き上がった。

彼女は下腹を抱えたまま、前のめりになる。やめて。白い吐息にはかすかな声が混ざる。お願い、もうやめて。彼女は、今度ばかりは妹たちも見逃してくれることを、彼女たちの未来でもあったはずのこの退屈で歪んだ現在を、もうこれ以上妬《ねた》まないことを願う。にもかかわらず、彼女の予感どおり、生温かい湿り気の感触が一瞬にして彼女の体を覆う。急いで体をずらし、いま座っていた場所に目をやる。そこは、あまりにも白く眩《まばゆ》い雪の上に、鮮血が、うら寂しく、紅かった。

後ろを振り返るのはよそう。彼女は自分自身に言う。いま、わたしの背後には誰もが行き着く場所、避けて通れないその場所に追いやられたばかりの一つの魂がわたしを、不可解なほど生にしがみついているひとりの人間を、凝視しているに違いないから。

コートのポケットの中で携帯電話が鳴る。Sだった。

Sには長い時間が過ぎた後に、このすべてを話すことにしようと彼女は思う。だからいまは彼にしてあげられる話は何もない。彼女は落ち着いて電話の電源を切ると、雪で覆われた地面に寝転ぶ。少しだけ、ほんの少しの間でいいから休みたかった。背後では最前から妹たちがしきりに声をあげているが、今夜は彼女たちの話に耳を傾けるのは、よすことにする。

記念写真

1

エレベーターの扉が閉まりきる寸前、男は急いで「開」ボタンを押す。もう片方の手ではズボンのポケットに忍ばせてあるボイスレコーダーを作動させることも忘れない。力の入れすぎか、開ボタンを押していた右手の人差し指に血が集まる。しかし男が心の中で五つ数える間も、女はマンションの出入り口からエレベーターまでの短い距離を歩ききれない。

男の後ろにいた中年女の苛立《いらだ》った視線も目に入らないようで、森林浴でもするかのようにのんびりと歩いてくる女は、エレベーターの前で立ち止まる。乗らないんですか？　中年女のヒステリックな声に、女の顔がわずかに右を向く。人に声をかけられたときにする女の仕草だ。守衛のおじさんに出かけるのかと声をかけられたり、棟代表の婦人にマンションの住民会議に出席するかどうか尋ねられたときにも、女は必ずいまのように右を向いた。しかし女の反応はそれがすべてだった。愛想のいい返事はおろか、生返事のひとつもなかった。九十六世帯が暮らす、二つの棟からなるこの小さなマンションで女の存在を知らない者はいなかった。愛想がなく横柄《おうへい》だと人々は彼女を噂した。このマンションの住民たちは、誰がどの部屋の住人で、どんな部類の人間なのか、逐一把握している。いつもキャップを目深《まぶか》に被り、深夜でも濃い色のサングラスをかけている男もやはり、映画俳優？　と陰で皮肉られていた。マンションという所は隣人の名前も知らないから気楽だといって、部屋を譲ってくれた田舎の後輩、キムの言っていたことは、少なくともこのハーラマンションは該当しない。というか、名前を知らないだけでその名前の主のことは筒抜けだったのだ。おかげで名前も知らないだのどうのと抜かしていたキムは、相場より高くA棟六一〇号を男に押しつけることに成功した。

女の右足が慎重にエレベーターの敷居をまたぐ。自分のために開ボタンを押して待っていたことにも気づかないのか、エレベーター内に入った女は男と中年女に会釈ひとつしない。チッ、背後から上がった舌を鳴らす音は閉鎖されたエレベーターの中を駆け巡る。

エレベーターが上昇を始めると、男はキャップのつばをさりげなく下に引く。いつも席を外している守衛が、防犯カメラのモニターを監視していることはほぼない。ビデオテープが擦り切れるまで繰り返し上書き録画されるはずだ。いや、防犯カメラはずっと前に故障しているか、ともすると初めから設置などされていないのかもしれない。しかしエレベーターが音を立てて動くたびに、どこからともなくテープが回る音が聞こえてくるようでもある。食堂に入ってひとりご飯を食べるとき、道を歩いているとき、依頼人に会ったりモーテルに潜入したりするときにもその音は聞こえてきた。そのたびに男はキャップのつばをさらに下げ、サングラスのずれを直した。時にはキャップとサングラスを身につけたまま寝床に入ることもあった。

女がつと、やや右に顔を向ける。戸惑うような表情だ。女の指はそれまで、点描画の表面に触れるように、各階のボタンが並ぶパネルを確かめるようにしていた。男は女のすぐ後ろに行き、できるだけ小さな声でささやく。わたしも六階です。その言葉に、女はゆっくりとうなずいてみせる。

六階に着くと、男は先に降りて外の開ボタンを押す。女がいつものあのゆっくりの歩調で薄い膜を破るようにエレベーターから降りる。ありがとうござい……。エレベーターの重厚な扉が閉まると同時に、女の語尾はかき消される。本意ではないが、男は今度もまた返事をせずに背を向け、右に伸びる廊下を歩いていく。六一〇号室の玄関に鍵を差し込むと、それとなく廊下の向こうに目をやる。カツカツ。女の靴音がきっかり三十五回鳴ると止まる。鞄からそっとカメラを取り出し、電源を入れると、液晶モニターに女の全身が入るところまでズームを合わせる。フラッシュをたかず、さまざまなアングルで七回ほどシャッターを切る間、女は一度もこちらを見ることはない。女は、他人のボイスレコーダーとカメラに自分の声と姿が保存されていることを、その録音された声を聞き写真のファイルを開くときだけが、今日が昨日なのか、あるいは明日なのかの区別すらつかないその男にとって、自分が生きていることを実感させてくれる唯一の時間であることなど、知るよしもない。液晶モニターの中の女は、いつの間にか、〇一号室の四角い安息の場にゆっくりと吸い込まれていた。まるで不思議の国に通じる鏡の中に入るように、モニターに映し出される女の仕草には現実感が欠如している。男はカメラから視線を外し、サングラスを取る。夕暮れ時の陽ざしがかすかに、サングラスを外した男の目元で揺れ動く。まぶしい。何度か瞼《まぶた》をこすってみるが、黒く染まっていない、ようやく本来の色を取り戻した色とりどりの階下の世界に男は馴染めない。ふたたびサングラスをかける。しだいに視野を染める墨色の世界に気持ちは落ち着くが、ジジジー、フィルムが回り続ける音は男の耳元から離れない。

2

玄関の前に立つ女は大きく息を吸い込む。室内に入るとき、あるいは外に出るときに最も視界がぼやける。心の中でズンチャッチャ、ズンチャッチャ、ワルツのリズムを思い描く。担当医は、物がはっきり見えずどうしていいかわからないときは、知っている曲のリズムを思い描いてみるようアドバイスしてくれた。医者に言われなくても女には自分だけのリズムが必要だった。ぼんやりしたシルエットでごった返す街中や、足早にバスに乗ろうとする人だかりの中で、女は絶えずズンチャッチャ、ズンチャッチャ、心の中でリズムをとった。世の中が少しずつ色を失い、少しずつ形が崩れ始めると、女にとってはあらゆる音が恐怖になった。音はどこにいても銃弾のように降り注がれ、降り注がれる音は女の体を貫通して世の中をずたずたにした。自分だけのリズムを外した瞬間、極度に低下した視力では、カメラをパンするときのように人や物がひどくぶれて見え、いつしか真っ白にぼやける。

テーブルの上のペンダントライトだけをつけ、冷蔵庫からミネラルウォーターを取り出す。浴室に向かう途中、テーブルの角と飾り棚に太腿《ふともも》と脇腹が順にぶつかる。ひと月前には飾り棚に体当たりして本やグラス、器が床に落ちる騒動があった。問題は、視力が良くてもじっくり探さないと見つからないような、リビングの隅々に散らばったガラスや器の破片だった。今春、軍隊に入隊した弟を呼ぶこともできなかった。弟もできるだけのことをしてくれた。大学卒業の年だったので、入隊を先延ばしにすることはできなかった。休暇期間中に電話一本よこさなかったことを恨んではいない。体調を崩してしばらく舞台を休んでいるだけだと言ってある田舎の父に連絡して、リビングのガラスの欠片《かけら》を片づけてほしいと頼むわけにもいかなかった。女はその日、空が白み始めるまで玄関の前にしゃがみ込んでいた。自分が泣いていることに気づいたのは、電話が鳴る音を聞いた直後だった。這って行って受話器を取ると、かつて同じ舞台に立ったこともあるチェ先輩の声が聞こえてきた。なんとなくかけてみたと言うチェ先輩の電話で、女は朝日が差すリビングに頽《くずお》れたまま声をあげて泣いた。三十分後に到着したチェ先輩の表情を読み取ることはできなかった。ただ、散らばった本やガラスの破片、器などをひとところに集める音がするだけだった。部屋を出る際に先輩は言った。こんな状況になるまで知らせないなんて。必要なときはいつでも呼んで。いつでも。女は力なくうなずいたが、チェ先輩の厚意はそれが最初で最後であることを知らないわけではなかった。その後、チェ先輩を呼んだことも、先輩の方から連絡してきたこともなかった。ますます暗くなり、狭まるのは視野だけではなかった。女が三十年間培ってきたあらゆる関係、それを支えてきた信頼も、本来の色や深みが失われていった。そしてただの一度も忘れたことのない舞台まで……。

テーブルに戻ってミネラルウォーターを二杯飲むと、手探りでビデオラックのある場所へと進む。二段目の端から三番目のビデオテープを取り、デッキに入れる。耳慣れた音楽が流れると、青黒い画面には三年前の女が現れるはずだ。デニムのオーバーオールを着たぼさぼさのパーマ頭の、画面の中でまた別の生をあてがわれた女……。おとなしいが反抗心を持ち合わせ、クライマックスではからだじゅうで狂気を表現することを要求される一筋縄ではいかない役どころだった。その舞台──マーシャ・ノーマンの「おやすみ、母さん」──で、女は初めて主役の座をつかんだ。女もその舞台の前は下女《げじょ》2や隣家の女、御者《ぎょしゃ》や乳母《うば》といった端役を演じてきた。時には主演以外の脇役を一手に引き受けたこともあった。

誰しもデビュー五年でヒロイン役を手に入れられるものではないことを知る女は、死にものぐるいで舞台に立った。キャストはたった二人だったため、少しでもテンポを外すと舞台全体の雰囲気に致命的な支障をきたす。ダブル主演ともいえる共演者は、演劇界の大御所と呼ばれる、足元にも及ばない大女優だった。マスコミにも注目され、大先輩の知名度もあって連日満席だった。あるケーブルテレビのチャンネルでは、収録した舞台をフルタイムで放送したほどで、それは異例のことだった。いま再生されているテープはそのときに録画しておいたものだ。数えきれないほど繰り返し観たせいで、音質はなんとか台詞が聞き取れる程度に劣化し、女は台詞ばかりか台詞の合間に流れる効果音や観客の咳払いまですべて覚えてしまった。覚えられなかったのは舞台の雰囲気や照明の位置、自分と相手役の表情だけだった。

舞台での女の座は、十回目の公演を最後に消えてしまった。一生涯、自分の欲望以外に目を向けることのなかった母親に、自殺を決意した娘が怒りをぶつけるクライマックスの瞬間、女は舞台のセットだったテーブルに足をひっかけて転倒してしまった。そして、舞台は暗転する。女の世界がまるごと暗転した瞬間でもあった。頭の中にぎっしり詰め込んでおいた台詞は一文字一文字、活字と化して目の前に浮かび、中央から広がっていたスポットライトは散り散りに数多《あまた》の閃《せん》光《こう》となった。ざわつく客席と先輩女優の慌てる声を、耳ではなく体で受け止め、女はその場から動けなくなった。感じられるのは、手のひらに伝わる舞台の上のもの悲しい埃《ほこり》だけだった。平衡感覚を失った者のように、手のひらで出口を探りながら舞台を這いまわったその日、舞台がそれほどまでも冷たく、心悲《うらがな》しい場所であることを、女は初めて知った。

目を覚ましたのは救急病棟だった。いくつかの検査を済ませると、すぐに眼科の病棟に移された。ふたたびさまざまな検査を終えると、医師はハーブの匂いがするせっけんの香りを漂わせながら女の前に座った。眼科医は、女が舞台女優で公演の途中に倒れたことを聞くと、正気の沙汰ではないと頭《かぶり》を振った。あなた、網膜色素変性症ですよ。RPともいいましてね。暗順応も明順応も大変だったでしょうに、いったいどうやって舞台俳優を続けてきたんです？　視野が狭くて客席も全部は見えなかったはずですよ。何度も尋常じゃないと言っては首を振る医師に対し、わかっていた、いつからか視野が少しずつ狭くなったことに気づいていたと、その言葉を女は口にすることができなかった。電信柱におでこをぶつけたり、飛んできたボールを避《よ》けられずにまともにぶつかったり、といったことは中高生の頃からよくあった。夜、バスを降りて家に帰るまでの道のりで迷うこともしばしばあり、ひとりで映画を観に行った日は座席を見つけられず、映画が終わるまで劇場の片隅に立ちっぱなしでいたことも何度かあった。台本の文字がつぶれて見え、舞台上の照明が揺れて見えるようになったのも、いつの日からか日常的なことになっていた。気づいていたにもかかわらず、女は舞台を離れることができなかった。ふとした瞬間に大きな不安が胸の奥から湧き起こることもあったが、病院には足が向かなかった。事実、尋常ではなかったから。舞台で倒れて死んでもかまわないと思えるほど芝居に夢中だったから。取るに足らない不都合にすぎない、じっとこらえていれば良くなる、と自分に暗示をかけていたのかもしれない。

いまのところ、治療方法は見つかっていません。しかも合併症を起こして白内障の初期でもあるようです。運が良ければこのまま失明せずに済むかもしれません。しかし運が良くなければ数年のうちに、早ければ一、二年のうちに完全に失明することもありえます。手術をして薬を使ってみることもできますが、完治はしません。慣れるしかありません。

医師の言葉を借りると、彼女は運が良くないケースだったようだ。その後、手術と入院、薬物治療を試したが、視野は狭まる一方で視力もますます悪化した。いつからか、病院の予約の日が近づくと、高速バスに飛び乗って束草《ソクチョ》や慶州《キョンジュ》、麗水《ヨス》などに向かい、一週間から二週間の旅をするようになった。何よりも女は、いかなる現象にも慣れようとはしなかった。朝日がまぶしいときは力いっぱい両目を開け、陽ざしが強い午後には必ず家を出て街中をぶらついた。わざと蛍光灯をつけっぱなしにして寝ることもあり、人に会うときはまじろぎひとつせず相手を見据え、ささいな悩み事に耳を傾けた。誰も女の体の異変に気づかなかった。もう舞台に立つことはできないという絶望を前に、一日に何度も心の中で自らの首に手をかける女の苦痛に気づく者はなく、田舎でタクシーの運転手をしている父親に生活費と治療費を仕送りしてもらうたびに、胸が張り裂けそうになる音を聞く者はいなかった。唯一、女の病名を知る弟は、酒に酔って帰宅すると友達に電話をかけて、どこか遠くへ行ってしまいたいと涙ぐみながら語ってもいた。お金のことでお父さんの世話になるのはよそう、弟にもうこれ以上迷惑はかけられない、という思いは、いつも独り言のままで終わった。誰にも気づいてもらえない間に、視力はシルエットがなんとか識別できる程度にまで悪化し、太陽と照明の光に向けた女の声なき抵抗もいつしか幕を閉じた。

テレビの画面からは芝居のクライマックスの台詞が次々と流れてくる。長い間、自殺の準備をしてきた娘は、母親の絶叫を背に浴びながら自室に入り、引き金を引く。舞台を揺るがしたその強烈な銃声がいまも胸を締めつける。テレビの電源とテーブルの上のライトを消す。リビングはやがて、完璧な闇の中へと沈む。誰もいない暗闇の中で、音だけは女のそばを自在に行き来する。閉まりきっていない蛇口からは水が滴《したた》る音が、掛け時計からは規則的な秒針の音が聞こえてくる。壁の向こうからは赤ん坊の泣き声が、窓の外では車のクラクションが鳴り響く。水滴の音は心の中に沁《し》みて川となり、秒針の音は見知らぬ者の靴音のようで、恐怖でもあり心強くもある。赤ん坊の泣き声は非凡な才能を持って生まれた英雄の泣き声のように勇ましく耳元をかすめていき、車のクラクションは英雄の誕生を祝う祭りを知らせる伝令たちのシグナルのように神秘の響きを持つ。女は音が築いた舞台の上で川を渡って愛しい人に会い、伝令たちとともに英雄の誕生をうたう。目を開けるのはよそう。女は舌の先に力を込めて独白する。いま、目を開けたら世界は昨日よりも暗く、人々は昨日の昨日よりも遠のいているはずだから。しかし女はこの芝居の内容をすでに把握している。明日も今日と同じように下女2や隣家の女、御者や乳母のような名もなく感情も持たない、ただ、主人公の周りにいる人物の一人として、この都会をうろつくであろうことを。もう二度とヒロイン役で舞台に立つことはないということも。だから、目を開けるのはよそう。お願いだから、開けないで。もう一度、観客ひとりいない真っ暗闇の舞台の上に、女の低音の独白が響く。

3

顧客ナンバー三十五番はテーブルの上の写真を凝視している。いつもどおり視界の地色は墨色だが、男には三十五番の目元が赤くなるのがわかった。相手が見ている写真のことを考える。その写真を手に入れるために男はベランダの外に伸縮式はしごを掛けて、ケーブルをつかみながら隣室のベランダに移らなければならなかった。部屋は七階だった。少しでも気を抜いたら墜落し、七階なら即死もありえた。しかし男を怯えさせたのは、安物のはしごではなかった。それは、この世のいびつな隙間から誰かに見られているかもしれないという、実体のない恐怖心だった。そのときも耳元で聞こえていたテープが回る音に、びくびくしていた。

三十五番はとうとう両手で顔を覆い、肩を揺らしてむせび泣く。一般的には、配偶者が愛人とモーテルやホテルに入る写真というのは、離婚訴訟における決定的な証拠としては不十分だ。裁判官によって多少の違いはあるが、ほとんどの場合、実際の情事の場面をつかんでようやく証拠として認められる。はしごを伝って隣室のベランダに潜入してそっとカーテンを開け、カメラを構えなければならないのはそのせいだ。

　しかし不倫の瞬間をとらえた写真というのは、法的証拠となる以前に予測不可能な波紋をもたらすものでもある。写真を見ても何の感情も表さない依頼人もいるにはいるが、ほとんどは人生のどん底に突き落とされでもしたかのように泣きわめくか、怒り狂うものだ。ひと月前に会った依頼人の男性は、どこに行けば銃が手に入るかと男に訊いた。刑務所はそれほどいい所ではないと心から忠告すると、依頼人は男の胸ぐらをつかみ、興奮気味に声をあげた。おまえみたいな人間にまで、ばかにされるとは！　つばきを飛ばしながら激昂する依頼人に、刑務所へは行かない方がいいとふたたび口にした瞬間、依頼人は男の顔に二度も平手打ちを食らわせた。離婚訴訟も起こさず、姦通罪〔韓国では二〇一五年に廃止された〕で訴えることもせずに、マンションの十階のベランダから飛び降りた依頼人もいた。夫に五年間、口説かれ続けて結婚した女性だった。女性は写真を見た日、これでもう、失くしたパズルの一片を探し回る必要がなくなったという謎の言葉を遺していた。自分の撮った数枚の写真が人を狂わせ、死に追い込むこともあるという事実に、男はしばらくの間、納得がいかなかった。というよりも、死ぬほど苦しんだ。しかし、当面はいまの仕事を続けなければならない。十年の実刑判決を受け、刑務所暮らし二年目の年に真犯人が捕まり、男は釈放されたが、およそ二年ぶりのシャバは様変わりしていた。欠勤もせずにまじめに働いた元の職場に男が帰る場所はなく、知人たちはあれこれ理由をつけて男からの電話を避けた。初めは哀れみの目を向けていた両親も、無職で部屋に引きこもる息子をだんだん煙たがるようになった。妹にいたっては、男と鉢合わせるとおずおず後ずさりもした。世の中の流れはあまりに速く、あっという間に男のことを忘れていった。一日平均一万八千二百ウォンとして計算された約一千万ウォンの刑事補償金では、猫の額ほどの小さな店すら始めることもできない。その金も半分以上は酒代に消えた。新聞の社会面の端に載った小さな記事や官報で、男の無罪判決の内容を読んだという人間など現れもしない。酒に酔ったある日、妹の髪をわしづかみにし、俺が何をした！　何したって言うんだ！　と暴れてからは、実家で親の世話になるわけにもいかなくなった。大学時代に趣味で勉強したカメラがこんな形で役に立つとは、思いもよらなかった。当時はただ、いつか好きな人ができたら、一番いいアングルで恋人の姿を写真に収めたいと思っただけだった。自分のカメラに見ず知らずの男女の乾いた情事を収め、そのフィルムを生きていくために必要な現ナマと交換することがわかっていたら、はじめからカメラに浪漫など抱きはしなかったのに。ま……、男は自分を納得させる。どっちみち、ゲンバじゃ仕組みが複雑でシャッター音とフラッシュが調節しにくいアナログカメラは使いものにならない。すべて自動で処理してくれるデジタルカメラを使うようになってからは、男が大切にしてきたアナログカメラは薄暗いクローゼットの奥に閉じ込められたまま、骨董品になりつつあった。まれではあるが、眠れない夜に男はクローゼットの中に入り、カメラを抱きしめて浅い眠りにつくこともあった。

三十五番がハンカチで涙を拭きながらバッグから封筒を取り出し、男に渡す。男は奪うようにして封筒を受け取りポケットに突っ込むと、名刺を一枚テーブルの上に置いて席を立つ。どこかで偶然会ったとしても、サングラスとキャップに隠れた男の顔に、依頼人は気づかないはずだ。名刺の名前も本名ではない。それはA刑務所の看守のものだった。無罪となって出所する日、看守は自分の事務室に男を呼び、キャップとサングラスを贈った。これからは誤解されないよう、気をつけるんだな。それまで、男を見るたびに露骨に軽蔑の眼差しを向けていた人間だった。その眼に映る男は、社会に害をもたらす邪悪な虫けらでしかなかった。カッコつけやがって……。刑務所にいる間、修行僧ででもあるかのようにほとんど口をきかなかった男とすれ違うたび、看守のつぶやく声が男の耳をこそぐりもした。

三年前、あまりにも突然に訪れた不幸は、男には抜け道ひとつ用意されず、すでに完璧なシナリオとして出来上がっていた。放火によって犯人の血痕や毛髪はおろか、足跡ひとつ見つけられずにいた刑事たちは、推定される犯行時間帯に現場近くの防犯カメラに映っていた通行人のうち、唯一その地域の住民でなかった男を少しずつ犯人に仕立て上げていった。通信会社のサービスエンジニアだった男は、危険な工具がぎっしり詰まったボックスを手にしてあの閑散とした高級住宅街をさまよっていた。会社の女性社員が書き間違えたのか、メモにあったグリーンヒルズというマンションはいくら探しても見つからなかった。きょろきょろしながらうろつくモニターの中の男の姿は、自分で見ても犯行の現場を物色する犯人のように不審だった。三日間姿を現さなかった、唯一の目撃者ともいえるその家の庭師が登場したことで、事態はさらに悪化した。庭師が証言した犯人の背格好が、よりによって男の外見とほぼ一致したのだ。さらに庭師は、マジックミラー越しに男の顔を見ると、間違いないと膝を打ってもみせた。期待を寄せた嘘探知機すらも、男の陳述が嘘であると判定し、男を裏切った。前科もなく、まじめに働いていた二十代の平凡な市民が、怨恨《えんこん》や金銭トラブルもなく白昼堂々、高級住宅を襲撃し、殺人と放火を犯したという内容が新聞とテレビニュースで大きく報道されたとき、男はとことん孤独だった。誰も男の話に耳を貸そうとせず、男と目を合わせようともしなかった。無罪を訴え続けたが、返ってきたのは人格そのものを否定する罵詈《ばり》雑言《ぞうごん》に暴力、そして人々の冷ややかな視線だけだった。二年後、同じような手口で別の犯行に及んで捕まった真犯人は、庭師の証言とは違って背が低く痩せていた。前科者だった真犯人は、出所後も社会に馴染めず、富裕層に対する漠然とした怒りから衝動的に殺人を犯したと自白した。そいつ、わたしと似てるんですか？　警察や法廷で沈黙することを学んでいた男だったが、刑務所で看守に訊いた最初で最後の質問だった。看守は男を一瞥《いちべつ》すると、火がついたタバコを差し出しながらつぶやいた。忘れた方がいい、人の記憶なんてどれも出鱈目《でたらめ》さ。そう言い終えた看守の顔には、あまりに冷たく、残忍とさえ思える笑みがうっすら浮かんでいた。

男はその日、看守の事務室でキャップを被り、サングラスをかけてA刑務所を後にした。刑務所内では数十もの防犯カメラが作動し、二十四時間明かりが灯る中央監視塔では監視員が交代で監視していた。そこを後にして、もう帰る場所がないことに気づいてようやく、男は殺人犯たちの気持ちが少しはわかる気がした。この三年間は、あの金持ちの家の庭師を訪ねていき、包丁でずたずたにしてやりたいという強烈な欲望を呑み込む、自分との戦いの日々でしかなかった。

街は、男が刑務所を出て以来初めて見せる光景であるかのように、ひどく活気を帯び、あまりにも若かった。濃淡の闇色に、色あせた華やかな照明の数々は、まるで中央監視塔から漏れるまぶしい照明のように男の後をついて回る。どれも防犯カメラが仕掛けられていると思わせる街路灯は、どこを歩いても男を追いかけ、行く先々を照らす。人混みを抜けてハーラマンションに向かう男の足取りはいっそうスピードを増す。いまはただ、ボイスレコーダーに録音してある女の声を聞きながら、足を伸ばしてゆっくりと、誰にも邪魔されることなく休みたいと思うだけだった。

マンションの入り口付近だった。うつむいたまま足早に歩いていた男は人とぶつかり、よろめく。す、すみません。あまりに耳慣れ、耳介《じかい》からするりと耳の中へと滑り込んできた、あえて男の耳に合わせて鋭い角を削り落としたかのようなその声を聞くと、男はサングラスの中で両目を見開く。転んでしまった女は両手で地面を確かめながら、すみません、すみません、と何度も繰り返す。酔っているのだろうか。しかし酒のにおいはしない。焦点の定まらない女の眼に男は戸惑う。数々の場面が脳裏を駆け巡る。常に十五度ほど下を向いている視線、人に話しかけられても答えない姿、エレベーターのボタンを確かめる手の動き……！　単に視力が極端に悪いだけだと思っていた男は、いまなお起き上がれずにいる女を見下ろしながら、不意に頭の中が空っぽになるのを感じる。とっさに男は女のもとへと突き進み、女の手首をつかむ。いまの男にできることはそれくらいだった。女の細い手首から伝わる動脈が、男の手の中でドクンドクンと脈打つ。マンションの入り口から中に入るとようやく、男は自分が女をつかんでいるのではなく、女が自分の手首を握っていることに気づく。男に体を預けるようにして歩く女の足取りは、あまりに慎重だ。

エレベーターの中でも、廊下を歩くときも、女は男の腕を離さない。六〇一号室の前に着くと、女はショルダーバッグからごそごそと鍵を取り出す。しかし鍵は鍵穴の周辺ばかりに乱暴に突き刺さり、すると力なく落下する。そばで女を見守っていた男は、待ちかまえていたかのように素早く鍵を拾い、女の代わりに六〇一号室の玄関を開ける。ドアが開いて見えてきた六〇一号室は不思議の国ではなかった。ただ、いかなるものにもかき消すことのできない深い暗闇が、シンプルな家具の隙間をぎっしりと埋めているだけだった。ありがとうございます。やや右を向いた女が、男と視線を合わせられないまま、かすれた声でそう言う。男が返事をする前に六〇一号室のドアは閉ざされる。ふたたび世の中は濃淡の闇色となり、耳元ではカメラのフィルムが回る音が、決して止まることはないと言いたげに、ジーッと作動する。女の温もりを感じた右手に鍵が握られていることに、男はそのときになって気がついた。

4

どれだけの時間が経ったのだろう。耳には冷蔵庫の音だけが聞こえる。冷蔵庫の中から聞こえてくる音は不気味で切実だ。ウィーン、ウィィウィィウィーン……。頭の中ではいつしかウィーン、ウィィウィィウィーン、ウィィウィィウィーン、ひとつのリズムとなって繰り返される。ウィーン、ウィィウィィウィーン、そのリズムに合わせて女は冷蔵庫にもたれたまま眠り、何度か目を覚ました。

足首のしびれで目を覚ますと、膝の先に手を伸ばす。以前買っておいてほとんど履いたことのなかった紅いスウェードの靴に触れる。靴のかかとが足首を締めつけて、くるぶしのあたりがうずく。昨夜からだったろうか、それとも一昨日か。ともすると、もうずっと前からこの靴を履いていたのかもしれない。見知らぬ男の手に体を預けてどうにか家にたどり着いた日、女はクローゼットの中からシフォンの黒いドレスを取り出して着た。いつか舞台衣装で着る日を夢見て買っておいたものだが、そんな日は結局来なかった。胸元と背中が大きく開き、裾には派手なスパンコールがぎっしり施された、舞台以外では着られそうにない華やかなドレスからは、古いナフタリンのにおいがした。ドレスを着ると下駄箱から紅いスウェードの靴を出して履き、鏡台の前に座ったはずだ。舞台メイクのように厚化粧にしたかったが、鏡に映る顔はぼやけている。マスカラをつかむ手が震え、口紅《ルージュ》は塗るたびに唇からはみ出す。世の中が見えず、台本を読むこともできないという絶望より、自分の顔がまともに見えないことの方が、ずっとリアルな苦痛として迫りくるようだった。脳から泣くよう命じられる前に目元が熱くなり、痛みを伴う。目の前の鏡に触れてみる。冷たいままだった。女は、涙が流れる熱を帯びた頬と冷たいままの鏡に交互に触れた。しかし、いくら触れても鏡から温もりは伝わってこなかった。霞《かす》んだシルエットも鮮明になることはなかった。

ひどいメイクをどうにか済ませると、オーディオをつけてボリュームを上げた。スティングのジャズ風の楽曲が耳をつんざき、部屋中に響いた。女は履き慣れていないスウェードの靴を履き、シフォンのドレスをひらめかせて踊りを踊った。本棚にぶつかると本が落ち、テーブルの上の箸立てにぶつかると箸やスプーンが大きな音を上げた。器やCDが割れ、床に転がっていた目覚まし時計は狂ったように鳴り続ける。落ちて、割れて、壊れる音は、女にとっては舞台の袖であらかじめ用意しておいた音響のようなものだった。女は何度もつまずきながらもしだいに激しく踊った。

しかし、テーマ曲と適度な効果音まで用意していたというのに、第一幕はそれほど長くは続かなかった。うるさいという苦情が相次いだからだ。守衛は何度もインターフォン越しに住民たちの苦情を伝え、隣と階下に住むという人々が入れ代わり立ち代わりやってきてはドアを叩いた。だが、女は舞台から降りるつもりはなかった。玄関の外に人の気配を感じなくなるとようやくオーディオを消し、冷蔵庫まで這っていった。冷蔵庫から漏れる運転音が第二幕の舞台を用意してくれた。不思議な音がする魔法の箱。好奇心旺盛な主人公はその箱を開けてみたいと思うが、開けたら神々によって盲目にされるという預言者の言葉を聞き、欲望をぐっとこらえる。冷蔵庫にもたれて座り、女はひたすら台本を脚色する。台本にふさわしい舞台のセットや役者の衣装、登場人物の数や舞台の仕組みまで考える。

そんなふうにうたた寝が続いた。夢の中でも女の舞台は続く。絶え間なく夢と現実をさまよう間にも、劇中の女優の視界は少しずつ暗くなっていった。魔法の箱に好奇心を抱いただけでも神々の怒りを買ってしまったのだろうか。時間をかけて闇になる世界を待つというのは、じっくりと身に迫る恐怖にひたすら耐えるということでしかなかった。時間の経過とともに恐怖は膨らみ、慣れるしかないとあきらめることもしないまま、女優はいつまでも魔法の箱を開けられずにいた。完全なる闇、完璧な静寂、観客もいない闇に包まれた舞台を女は味わいたくなかった。ウィーン、ウィウィウィウィーン。冷蔵庫の音だけが、舞台はまだ終わってはいないというかすかな合図を送っていた。なぜ、自分にこんな役が付いたのだろう。夢現《ゆめうつつ》の中で女は何度も同じ台詞を繰り返した。自分の顔すらまともに見ることもできない、視力を失っていく人物という配役が自分に与えられたのはなぜなのか、女は誰にでもいいから拳を振り上げて問いつめたかった。その苦痛を表現することもできず、乗り越えようとも、あきらめようともしない人物の気弱さがいっそう腹立たしくもあった。どうして、わ、た、し、な、の、よ！　いったい、どうして！　叫び声をあげるようにして力いっぱい宙に吐き捨てるが、その絶叫には肝心の音声は含まれていなかった。時折ひどい空腹を感じ、どうしようもなく寂しくなることもあったが、それが夢なのか現実なのか、あるいはただ台本に書かれていることなのか、それすらも区別がつかなかった。尿意を催すと、迷うことなく下腹の力を抜いた。悪臭のするねっとりした尿がふくらはぎと手に感じられたが、それもやはり夢なのか現実なのか、あるいは台本どおりのことなのか、区別がつかないのは同じだった。

そのとき、新たな登場人物が現れた。芝居が終わり、舞台を照らしていた照明が一斉に落とされようとした瞬間、その役者が登場した。いったい、誰？　夢と現実の狭間で、女はゆっくりと考えを巡らす。新たな登場人物のシルエットが少しずつ女に近づく。目の前にやってきたその人物がかすかに震える手を額に当て、汗で濡れた髪を後ろにやる。弟？　そんなはずはない。ずっと逃れたがっていた弟が、貴重な休暇をこんな所に使うはずがない。だとしたら、お父さん。しかし男のシルエットは小柄な父親とは対照的だ。予想だにしなかった役者の登場に恐怖を感じるが、女は目を開けることすらできない。何日経っているのか、カレンダーの数字も、時計の針も見えない不透明な世界に埋もれて久しいため、時間の地図を描くのは不可能だった。女にぐっと近づいた役者が耳元でささやく。

——あの、六階の住人です。

その瞬間、男は女の口元にわずかに浮かんだ乾いた微笑をとらえる。

5

いつものように、男はボイスレコーダーをそばに置いて髭《ひげ》を剃る。エレベーターの扉が閉まる音、中年女の舌打ちの音、それに続くエレベーターの到着音……。男はシェービング剤の泡がついた使い捨て剃刀《かみそり》を置き、呼吸を整える。ありがとうござい……。そして最後にレコーダーからこぼれる女の声を、目を閉じて嚙みしめる。

髭を剃り終えると、クローゼットからアナログカメラを取り出して肩に掛ける。この数日の間に三人からメールで仕事の依頼が入ったが、男は返信していない。さいわい、通帳にはあと数か月は暮らしていけるだけの金額が残っていた。キャップとサングラスを身につけて部屋を出る男の手には、二つのキーホルダーがあった。熱気を帯びた風は夏の終わりを告げるさわやかな空気をはらんでいる。

今日のメニューは貝で出汁《だし》をとったわかめスープに茶碗蒸し《ケランチム》、それとジャガイモ甘辛煮《カムジャジョリム》だ。デザートにはチーズケーキに酸味が残る白ワインを買っていくつもりだ。男はまだ、女がどんな料理を好きなのか知らない。女がよく聴く音楽や好きなワインの銘柄もまだ訊いていない。男が女について知っているのは、いま女には誰かが必要だということ、それだけだった。三年前、殺人事件が起きた家の前を通って防犯カメラにとらえられたあの日のように、あのときの男が誰かを切に求めたように、いまの女にも自分の話に耳を傾けてくれる誰かが必要だということ、男が知るのはそれだけだった。

男はマンション内のスーパーを出ると、並びにある婦人服の店に目を向ける。夏物の袖なしのワンピースが、セールと書かれた札の下で並んでいる。四日前、女が着ていた黒いドレスを思い出す。皺《しわ》だらけのドレスからは汗とアンモニアのにおいがした。裾の飾りについていたスパンコールはあちこちが取れていた。男はそっとサングラスを外し、黄色の袖なしのワンピースを選ぶ。

会計を済ませて店を出ると、地下駐車場への入り口近く、銀杏《いちょう》の木陰に座る女の姿が目に入る。カメラを出して絞りとピントを調整し、二、三度シャッターを切る。ファインダーの中で女の髪は風になびいている。カメラを鞄に戻し、足早に女のもとへと向かうが、女の視線は男の背を突き抜け、はるか遠くに向けられていた。

女の隣に腰を下ろしながら口笛を吹く。ようやく女は男の方に顔を向ける。自分の髪からりんごの香りがすることを、女は知っているのだろうか。けれども女の家の浴室にあったシャンプーからは、りんごの匂いはしなかった。ありきたりの化学製品のシャンプーが、女の髪ではりんごの木を育《はぐく》む。男は久しぶりにキャップとサングラスを外し、女の髪を洗ってやった。女がシャワーを浴びる間は、物を落としたりタイルに足を滑らせたりはしないか、浴室のドアの外で耳をそばだてていた。水の音がやむと、男はクローゼットから下着と薄手のトレーニングウェアを出して浴室のドアの外に置いておいた。シャワーを終えて出てきた女には、作っておいた牛肉入りのおかゆを食べさせた。

真昼の陽ざしが強すぎたのか、女は顔をしかめると瞼《まぶた》をこする。男は女にさらに近づき、サングラスを外してそっと女にかけてやる。今日、俺の誕生日なんだ。男の言葉に、サングラスをかけた女は笑顔を向ける。男もやはり、女につられて笑う。男の記憶が正しければ、三年ぶりの笑顔だった。

サングラスを外したはずなのに、午後の陽ざしが注ぐマンションの広場や公園、駐車場の車、行き交う人々の姿は、相変わらず濃淡の墨色だった。深くも淡くもある墨色だけが広がる世界の片隅に潤《うるお》いを感じたその瞬間、男はどこかでフラッシュがたかれ、一枚のモノクロ写真の中に女と一緒に写っているような錯覚を覚える。それは、安定したアングルの、男が生まれて初めて撮った記念写真だった。

女に道を訊く

高速バスターミナル

女はプラスチック製のベンチに座り、さっきわたしが自販機で買って渡したコーヒーを両手でそっとくるんでいる。前の席に座っていた男の子が無遠慮に後ろを振り返る。男の子は小人の国に紛れ込んだ巨人を見るような目で、不思議そうに女を上から下までじろじろ見ている。前の十七インチのテレビでサッカーの試合を見ていた人々も、二メートルはありそうな長身の女にちら目を向けていた。人々の視線など気にもならない様子で、女はうつむいたまま紙コップを満たしているコーヒーに視線を注いでいる。わたしは女の隣の座席にリュックを下ろし、人々の視線をかいくぐって切符売り場に向かう。

束草《ソクチョ》行きの最終バスは午後十一時三十分発だった。切符を買って女のいるベンチに戻ると、サッカーの試合が終わったのか、テレビの画面からは夜十一時過ぎに始まるバラエティ番組のテーマ曲が流れていた。女はサッカーの試合には興味を示さなかったが、バラエティ番組が始まった画面には釘付けになっている。ブラウン管の中では、二人のコメディアンと三人のアイドルの女の子たちが順番に古い童謡を歌い継ぎ、歌詞を間違えたり音程を外したりすると、上からおぼんが落ちてきて頭を打たれている。おぼんが落ちてくるたびに女は、まるで自分のことのように大きな肩をすぼめ、眉をひそめる。大きな顔に顎と額が飛び出し、頬骨が張っているせいで、顔をしかめる女の顔はいっそうグロテスクだ。

　女は昨夜、ナツメの木の家にやってきた。よくあることだったので、それほど驚きはしなかった。通りの向かい側、徳隠洞《トグンドン》〔京畿道高陽市〕で小さなスーパーを営んでいた女の祖母が女を連れて突如、水色《スセク》〔ソウル市内。高陽市に隣接〕を去ったのは去年の夏のことだった。彼がわたしのもとを去り、ひとつの季節が過ぎ去った後でもあった。しかし女は水色から越してひと月もしないうちに、ナツメの木の家をふたたび訪れるようになっていた。そのたびにわたしは顔をこわばらせ、女から目を背けた。ひとり家の中に入り金浦《キンポ》に電話を入れると、一時間もしないうちに女の祖母がタクシーでナツメの木の家に駆けつけた。帰らないと言って抵抗する女と、そんな女をタクシーに乗せようとする祖母の姿を窓越しに見守ることが、わたしが女のためにしてやれるすべてだった。腰が曲がっていっそう小さく見える女の祖母は、むしろ女の幼い孫娘のようにも見えた。まれにではあったが、言うことを聞かない女にすがり、胸元を叩きながら嘆く女の祖母の姿を見ることもあった。そんなときは、自分の欲しいものを買ってもらえず、駄々をこねる子どもの姿が、七十を超えた老婆の曲がった腰の上に重なるようでもあった。

昨晩、赤い鉄製の門の前で座っていた女は、仕事を終えて歩いて帰宅するわたしを発見すると、いつものように満面の笑みを見せた。平べったく見える女の歯が月明かりを浴びて白く弾《はじ》けた。秋風が冷たい。わたしは女から目を背ける代わりに、門を開け、中に入るようにと手招きした。中腰で門をまたぐ女は、うれしそうに笑っていた。

部屋に入り、蛍光灯に照らされると、女のジャージは埃《ほこり》だらけで素足《すあし》の足の裏は真っ黒に汚れていた。女は今度も金浦《キンポ》から水色《スセク》まで休むことなく歩き続けたようだ。何が、巨人症にかかり、病のために精神に異常をきたした、口もきけない女を金浦から水色まで歩かせているのか、わたしにはわからなかった。彼が着ていたグリーンのニットとベージュの綿パンを女に渡し、浴室のドアを開けてやった。ニットはタイトで、胸、二の腕、肩甲骨のラインが浮かび上がり、ズボン丈は足首の上までで太いくるぶしがむき出しだった。女が彼の服を着て眠りにつくと、わたしは浴室のドアにロックし、女の紫紺《しこん》のジャージとくたびれた運動靴を洗った。洗っている間じゅう、いまからでも金浦に電話をするべきだと思わなかったわけではない。しかし昨夜、わたしはとうとう受話器を手に取らなかった。その代わり、長い間計画していた束草《ソクチョ》行きに女を同行させる決心をした。恐怖心からだったのだろうか。そうではない。わたしはただ、わたしに課せられたこの道の終着点を見届ける人間が一人くらいは必要だっただけだ。それがたとえ、口のきけない巨人症の女であろうと。

夜十一時二十分、まだテレビに夢中の女の片腕を引っ張り、乗車口へと向かう。束草行きの高速バスは江陵《カンヌン》行きと東海《トンヘ》行きの間に停車していた。バスに乗り込み、リュックを棚にのせている間に女は窓側の席に座る。長距離の高速バスに乗るのは初めてだったのか、女は好奇心いっぱいの目で窓の外をきょろきょろ眺めている。

エンジンがかかり、車内のワット数の低い照明が消える。車窓に映る女の横顔がいくつもの像となって散る。乱視のせいだった。極度の乱視のせいでわたしの目は、被写体が視野から少しでも遠ざかると錯乱を引き起こし、その境がなくなる。対向車のハイビームが当たると一瞬浮かび上がる女のシルエットは、どの角度から見ても不透明であることには変わりない。わたしより五歳ほど年上で、口のきけない巨人症ということ以外、女についてては不透明なシルエットと同じくらい知らないことだらけだ。女がなぜ年老いた祖母と二人きりで暮らすようになったのか、彼との間に何があったのかもわたしは知らない。まして、これほど巨大な肉体で、これまでどう耐えてきたのかなど、わたしにはわからなかった。

高速道路の料金所を過ぎると、女は窓に体を預けて眠ってしまった。いくら女が窓に体を寄せているとはいえ、女の隣の席は窮屈でしかなかった。女も狭い空間が居心地悪いのか、何度も体勢を変える。女にとってはこの世のあらゆる場所が狭すぎるか、あるいはぴったり合いすぎた。

狭すぎるかぴったりしすぎる場所に合わせるために、女はこうして丸まってしまった肩を張れずにいるのかもしれない。

　車窓の外の風景はもう、わたしが後にした都会の痕跡を残していない。ビルも、人波も、ネオンサインもない寂寞《せきばく》とした道だけがどこまでも続いている。これでもう引き返すことのできない道に出たという安堵感が、言いようのない恐怖心とともに押し寄せる。姿勢を正し、両の目を大きく見開く。夜中の高速道路を支配するのは、外灯のオレンジ色の光だけだった。乱視のせいでその光は爆竹のように華やかに光を放つように映る。一、二分おきに現れる標識がなかったら、間断なく爆竹が爆《は》ぜるこの道に、現実から抜け出す奇異な通路であるかのような不思議な感覚を覚えるかもしれない。座席に深く座り、左手の薬指の指輪に触れてみる。バスが揺れるたびに指輪も、頭の中の記憶もガタゴト揺れる。バスの行き先は束草ではなく記憶の彼方《かなた》、もう十年近くも前になる、初めてあの人に会ったあの場所だと言われても、わたしはそれほど驚きはしない。

つまりそこは、原州《ウォンジュ》だった。

原　州

その年の冬、わたしたちは生活用品を製造しているD社の内定者として初めて会った。寒く、古びた原州のコンドミニアムには、彼とわたし以外にも数十人の高卒内定者が集まっていた。当時わたしたちは全員、鍾路《チョンノ》や麻浦《マポ》にある事務所の事務補佐員や安養《アニャン》にある工場の見習い社員として採用されていた。正式に出社する一週間前に、会社が特別に高卒の新入社員だけを集め、原州にある会社の保養所のコンドミニアムで二泊三日のオリエンテーションを行った。

お酒とカード遊びで過ごした初日が過ぎると、翌日は本社から派遣された社員たちの退屈な講義が朝から晩まで続いた。急きょ講義室として使われた宿の地下の食堂は、暖房がほとんど効かなかった。同じ頃、大卒の新入社員たちは、遠く離れた済州島《チェジュド》の高級ホテルで教育を受けているという事実を、わたしもやはり聞いて知っていた。入っているのかいないのかわからない暖房と、まずい食事に不満を募らせていた同期たちは、集まると誰からともなくその話をしていた。講義は毎時間ざわついていた。前日の夜、すでに仲良くなっていた高卒の新入社員たちが交わす雑談と笑い声のせいだった。

おそらく最後の休み時間のことだった。

背中をトントンと叩かれた。すぐ後ろに座っていた女子が何も言わず、折り畳まれたメモ用紙をわたしに渡した。顔伏せたら？　メモの内容はそれだけだった。わけがわからず後ろを向くと、講義室の後ろの方で一斉にどっと笑い声があがった。高卒の内定者のうち、文系の高校出身はわたしともう一人の二人だけだという話はもう何度も耳にしていた。メモ用紙を丸めてコートのポケットに入れ、左斜め前に座っていたスポーツ刈りの男子を見つめた。もう一人の文系出身は、意外とすぐに識別できた。彼は右腕に顔を突っ伏して寝ていた。短く刈っていた髪のせいで、寒さで赤くなった耳がむき出しになっていた。わたしはその男子と同じように腕に顔をうずめ、次の講義が始まるまでそのままでいた。

ついに最後の講義が終わると、一人が演壇に上がり、夕食を済ませてから宿の近くで打ち上げをする予定だと言った。後ろの席の方からわっと歓声があがった。

その夜、四人の女子が共に二日間を過ごした狭い部屋には、きつい化粧のにおいが訪問客のように訪れていた。わたしはぼんやりと窓辺に立ちつくし、永遠に冬だけが巡ってくるようなコンドミニアムの庭を見下ろしていた。庭の裸の木々は寂しい恋人同士のようにお互いにもたれ、もまれ合い、生きていることを告げるシグナルを必死に送っているかのような鳥たちの鳴き声は、寒さに凍える庭を時折一巡する。庭に集まり、長く白いタバコの煙を吐き出す男の同期たちは、楽しそうに笑いながら会話を続けている。初めから彼女たちのメイクに加わらなかったからか、同じ部屋の女子たちは窓辺に佇《たたず》むわたしを残し、いそいそと部屋を出ていった。女子たちはやがて庭にいた男子たちと交ざり合った。空っぽの部屋、窓越しに聞こえてくる彼らの会話や笑い声は、わたしには解読できない暗号のように聞こえた。

街に出て夕食をサムギョプサルで済ませ、二次会でビールを飲みに行っても、わたしは彼らのタバコの煙と化粧のにおいに交わることはできなかった。野球帽を目深《まぶか》に被り、紺のコートの襟を立てていた彼もやはり、同じように黙り込んでいた。わたしはすぐに透明になる彼のビールジョッキを何度も目にした。ジョッキに映るゴツゴツした太い血管が浮かび上がる手の甲は、どこか大げさに見えた。初めて飲んだビールは苦く冷たかった。彼の手の甲を見つめるわたしの眉間には、何度も皺《しわ》が寄る。

三次会は、時代遅れの裸電球が無数にぶら下がった三流ホテルのナイトクラブだった。小さな町のホテルのナイトクラブには、わたしたちの他に客は一人もいなかった。飲み過ぎた二十歳の男女は、ソファでダウンしている者もいれば、ステージで気だるそうにダンスをする者もいる。わたしはソファの一番端に座り、襲いくる酔いをどうにか抑えつけ、両目をぎゅっと閉じては開けた。いつの間にか、向かいに座っていた中年の男と、同室の同期の女子のうちの一人が視界いっぱいに飛び込んできた。あれは、幻覚だったのだろうか。男の手が同期のミニスカートの中に滑り込むのを、わたしは眉をひそめながら目撃していた。口を半開きにしていた同期の女子は、疲れきった笑いを浮かべたかと思うと、わたしと目が合うとぞっとするほどの無表情な顔でわたしを凝視した。

突如、取っ組み合いを始めた男二人がトイレのドアを突き破った拍子に表に弾き飛ばされ、床を転げ回ったのは、午前零時をだいぶ過ぎた頃だったはずだ。反射的にすくっと立ち上がったわたしは、二人から目が離せずにいた。ふたたび壁に叩きつけられた男は、向かい側に座っていた男同様、オリエンテーションの講師の一人で、その男を攻撃しているもう一人は、紺のコートを着た野球帽の男子だった。野球帽が一瞬、わたしに目を向けたそのとき、講師が彼の顎を殴りつける。それまで顔を覆っていた野球帽が力なく床に落ちていく。赤みがかった照明の下に現れた彼の額には、二十歳になりたてとは思えないほどの深い皺が刻まれていた。唇からぽたぽたと血が滴《したた》り落ちるさまを目にしながらも、これまでの歳月の何が彼をこれほどまで老けさせたのか、わたしはそのことばかりに気を取られていた。帽子を拾おうとして腰を屈《かが》めた彼を、講師はふたたび蹴飛ばした。帽子を被り直した彼は、講師の片足をつかんでテーブルの上に押し倒す。ナイトクラブに流れていた音楽がやみ、グラスや酒のボトルが割れる音が大きく響き渡る。立ちすくんでいたわたしは、そのときになって周りの同期を起こして回った。眠そうな顔で目を覚ました数人の同期は、ようやく驚いた顔で二人を止めに入った。同期のスカートの中をまさぐっていた中年の男は、ビールをあおりながら、言葉にならない言葉を吐いて毒づいていた。

喧嘩はやがて収まったが、目と頬が腫れた講師は空中に拳を振り上げ、大声を張り上げる。クビだクビ！　この野郎！　わたしは数歩離れた場所でクビになったばかりのその青年を眺めた。彼がまた、一瞬わたしに目を向ける。しかし、そのときのわたしには、彼の肩に手をかけたり、血を拭いてあげる勇気などなかった。彼はやがて、椅子に掛けておいたコートをつかむと、そのままドアに向かって大股で歩いていった。ようやく目を覚ましたほとんどの同期と講師が、口々に何事かと聞き合っている。誰も事件の発端には興味がないようだった。ただ、確かな証拠となってしまった講師の歪んだ顔を見て、紺色のコートの解雇を、異議を唱えることなく受け入れる雰囲気だった。しばらくすると、彼らはふたたび酒を飲んだり、気だるそうに踊ったり、女子のスカートの中をまさぐり始めた。

そして、実際にD社をクビになった彼は、二十歳のわたしがその会社で電話を受けて領収書を集め、コピーを取っている間、工場を六か所も転々としていた。彼の七度目の職場は、ナツメの木の家の近くにあったサッシ工場だった。彼が職場で新たな季節、新たな年を迎えられたのは、そこが初めてだった。そうして彼とともに暮らしたナツメの木の家での七年間が過ぎていった。その七年の間、わたしは変わらず鍾路にある会社で電話を受けて領収書を集め、コピーを取っていた。飲み会での上司たちは、相変わらず同期たちのスカートの中に興味を示し、時折、男同士の間では怒声があがることもあった。しかし、それと似たような場面が演出されていたあの冬のナイトクラブでの出来事を記憶している人は一人もいなかった。社会経験のない二十歳の青年が、なぜクビを覚悟で本社の社員と殴り合いの喧嘩をしなければならなかったのか、そんなことに疑問を呈する者などいるはずもなかった。そのときの高卒新入社員のオリエンテーションで出会い、この世の片隅に居を構えて暮らす文系出身同士の事情を知る者も、もちろんいなかった。結婚式を挙げられず、婚姻届も出さずにいたせいで、十八金のメッキの指輪以外に、彼とともに暮らした七年間を証明できる写真や書類一枚、わたしには残されていなかった。ときどき自分自身ですら、彼がわたしのそばにいたことを、生きていたことを忘れてしまうこともあった。そんなふうに彼はわたしの心の中で、これまで幾度となく姿を消し、死んでいった。

どれだけ原州《ウォンジュ》から遠ざかったのだろうか。あの日からわたしは、どれだけ遠くまで逃げてきたのだろうか。

明かりをつけたせいで車内はまぶしく、顔を歪めながら目を開けた。バスは高速道路の路肩に停車していた。乗客は体を丸めて眠っていたり、一人二人と目を覚まし、伸びをしながら外に出る人もいた。後方からはバスの故障で三十分はここに停車していなければならないという話し声が聞こえてきた。窓の外に目を向けると、バスを降りた乗客たちが道路脇で腰を下ろし、タバコを吸う人の姿もあった。

わたしは女を起こさないように、そっと腰を上げて通路に出る。バスを降りると、骨にしみるほどの真夜中の冷気を感じる。女と座った座席の方に目をやる。女は窓に肩を預け、うつむき加減だった。心臓の鼓動まで聞こえてきそうな女の息遣いが、窓の外のわたしにまで伝わるようだった。ゆっくりと向きを変え、幻想的な夜霧が立ち込める高速道路の彼方を眺める。霧のせいか、左右に延びた高速道路の両端は白くおぼろげだ。乗用車やバスは高速道路を走ってきたのではなく、舞台セットの夜霧の中から登場してわたしの前を通り過ぎていくようでもあった。バスの周りに集まっている人々まで大雑把に描いた速写画《クロッキー》のように輪郭がぼんやりしている。ここでも山脈はてっぺんを突き上げ、どこまでも続いている。山々の荒々しいシルエットは、ここが京畿道《キョンギド》ではなく江原道《カンウォンド》の小さな邑《むら》のどこかであることを教えてくれている。おそらく、原州も過ぎているはずだ。

深い闇の中から光の筋が差し、わたしをふたたび現実へと引き戻す。電池が切れそうなのか、バスの後方に立っていた運転手が苛立った様子で懐中電灯を上下に振っていた。電灯の光が及ばない場所を求めてわたしはバスの赤いテールライトを通り過ぎ、路肩に沿って進む。

テールライトが赤い斑点になった地点で足を止める。ガードレールの向こうには十軒あまりの江原道の小さな集落が見える。細い路地がこの邑の唯一の道なのか、他に道は見当たらない。古い屋根に覆われた家々は、低く伏せたまま深い眠りについていて、ところどころに雄々しく立つくす背の高い電柱は、橙色《だいだいいろ》の光を湛《たた》えている。

道路が拡張し、街が開発されるまでは水色《スセク》もこの邑のように田畑や農園、ビニールハウスがあるのが当たり前の地域だった。近くにはどこにでもあるような市場やスーパーすらなく、買い物をするにはバスに乗って出かけなければならなかった。それでも彼とわたしは不平ひとつ言わず、そこで七年間暮らした。近所の人々は、彼とわたしの家をナツメの木の家という田舎じみた名前で呼んだ。それは二人で庭にナツメの木を植えてからのことだったと思う。いま来た道を振り返ると、向こうにいる人々は誰もわたしが行く道に足を踏み入れることはないように思える。眼前に広がる、触れられそうで触れることのできない湿った霧が、わたしが後にした道について何度も尋ねてくる。

ナツメの木の家

ナツメの木の家は、水色橋《スセクキョ》から国防大学に向かって右に延びた路地の一番奥にある。二車線の道路の両脇には背の高い街路樹がびっしり立ち並び、道のそばには貯水池や畑、田んぼがあり、夏になるとカエルが声を限りに鳴いていた。天気のいい日には特訓中の軍人たちの声が国防大学の塀を越えて聞こえてくることもあった。

ナツメの木の家に行くには「深い家」という看板を掲げた食堂の前を通る。水色《スセク》に越してきた初日は、深い家で遅めの夕食を食べた。コチュジャンたっぷりの刺身の和え物に辛い豚肉炒め、おまけに塩がガリガリするほどのトトリムク〔どんぐりの粉を煮て固めたゼリー状の食べ物〕やジャガイモのチヂミを食べながら、彼と競うようにして水をがぶ飲みしたことを覚えている。当然、その後は二度と行っていない。ナツメの木の家は深い家の離れで借家だったが、門も庭も別なので表から見ると独立した家のように見える。そこで暮らす間、大家である深い家の女は二年に一度、百万ウォンから二百万ウォン単位で保証金《チョンセ》を上げたが、彼とわたしは引っ越すことは考えもしなかった。二人にとってそこは、これ以上一歩も後退することのできない、この世の最果ての空間のような場所だったから。

その深い家から五歩ほど進むと、そこかしこが剝《は》がれて錆びついた鉄製の赤い門が現れる。その門を開けて中に入ると小さな庭があり、左手の土で覆っておいた場所に彼とわたしのナツメの木があった。

女が訪れるようになるまで、その家は彼とわたしの他には足を踏み入れることのない、多少、索漠《さくばく》とした場所だった。時には家じゅうの物が、ナツメの木までもがわたしたち二人のように、頑《かたく》なに沈黙を守り、長い長い倦怠に包まれることもあった。そんなときは、滴《しずく》のついた水道の蛇口も、つけっぱなしのテレビも、風に吹かれるナツメの木の葉も、どれも停止中の画面のように口を閉ざした。声に出して笑う術を知らずにいた若い二人は、どうすれば主《あるじ》に似て寡黙な家じゅうの家具たちがおしゃべりになってくれるのか、答えが見つからなかった。

女が初めてナツメの木の家にやってきたのは、わたしたちがそこに越して数か月が経ってからだった。仕事を終えて家に戻り、服を着替えようとしていたとき、門を開けて入ってくる彼の後ろに大きな体躯《からだ》が見えた。女は巨大な体とは裏腹に、ひどく怯えた顔つきで彼の後をついて回った。以前も女を見かけたことは何度かあった。彼がときどき女の家を修理してあげたり、関節炎を患っている女の祖母に薬を買っていくことがあったということも、深い家の女から聞いていた。そんな話をするたびに、深い家の女は心配そうな顔をしながら、少しでも油断すると吹き出しそうになる表情までは隠しきれていなかった。わたしはその日、ひとことも話さず居間に座っていた彼と女のために、夕飯をこしらえた。女は体を撚《よ》ったまま、ご飯とナムルには箸もろくにつけなかった。巨体の女のそんなしおらしい姿に、わたしは笑い出したくなった。テーブルを片づけてから、家に帰るようにと玄関のドアを開けてやると、女は何度も振り返り、なかなか出ていこうとしない。弾けんばかりに膨らんだ女の視線の先では、ぼんやりした蛍光灯の下で彼が微笑みながら佇んでいた。

わたしはどすどすと歩いて台所へ行き、音を立てて洗い物をしながらつぶやいた。

——もういや、もううんざり。

板の間からは苛立ったような新聞をめくる音が、蛇口から流れる水の音をすり抜けて耳に届く。食器を片づけて台所を出たときには、居間は空っぽだった。彼が座っていた場所には広げた新聞だけが初夏の風にひとり、はためいていた。

その日も、庭の一隅に佇むナツメの木は、消耗する争いにくたびれる二人を無言で見守っていたはずだ。そこで暮らす間、その家の本当の主人はわたしとあの人ではなく、ナツメの木だったということを、わたしはただの一度も疑ったことはなかった。

八年前、春も終わりかけのある日の早朝、彼が運んできたナツメの木からは瑞々《みずみず》しい草葉《くさば》の匂いがした。近所にある農園で買ってきたその木は枝ぶりが良く、葉が青々と輝き、自らに与えられた青春を健やかに生きる木だった。庭にしゃがみ、ひげ根ひとつにも慎重にその木を植えていた彼は、土がこびりついた腕をさらしながらわたしに笑顔を向けた。おそらく、ナツメの木はそれから五年間は実がなったはずだ。彼が幹を揺らすと、わたしがスカートの裾を広げて落ちてくるナツメの実を拾った記憶が、異国の風景画ほどかけ離れた世界のことのように残っている。冬には干したナツメを生姜と一緒に煎じて蜂蜜を入れて、コーヒーの代わりに飲んだりもした。しかし五年が過ぎると、その木はもう実をつけなくなった。深い家の女は土が合わないからだと言い、その木を買った農園のキムさんというおじさんは、病気になったのだと言ったけれど、わたしは愛情が足りないせいではないか、ときどきそんなことをひとり思ったりもした。彼が去った後、ナツメの木はさらに枯れていった。雨の日や風の強い日には、すでに生命《いのち》を喪失した木が漏らす音はうら悲しく、陰鬱に響く。樹齢二十年の木だった。二十年もの間、その音を奏でることを待ち焦がれていたかのように、ナツメの木の泣き声はどことなく切実に感じられた。

悲しみを悲しみとして表現することのできたあの木も、その家を去っていった人間たちのように忘れられていくはずだ。その家に越してくる住民は、場所をとるだけで、実をつけることもない朽ちた木をそのままにするはずなどないから。わたしは木に背を向けると、頭の中ではいつだって大きく開け放たれていた鉄製の門を閉じ、その家を出た。もう二度と戻ることのない、寡黙で沈黙を好んだあの家をわたしはこうして後にしてきた。

——お客さん！

強烈な光が背中に突き刺さる。振り返ると、懐中電灯のまぶしい光で目を開けていられない。

——こんなとこで何してるんですか。何回も呼んでるのに。

ダブルボタンの流行遅れの背広を着た運転手が、白い綿の手袋をはめた手で早く来るようにと手招きする。わたしは中腰に立ち上がり、バスの方へと歩いていく。

エンジンの音はするが、バスの中はまだ冷たい空気が漂う。わたしを捜していたのだろうか、座ったままわたしの方を見つめる女の両目がくぼんでいる。寝ている間に悪い夢でも見たのだろうか。量の多い、汗だくの髪が女の両頬に束になってへばりついている。

バスはふたたび出発したが、窓の外は同じフィルムを何度も回している画面のように、同じ風景ばかりがいつまでも続く。高速道路には変わらず数百もの爆竹が弾け、わたしはふたたび束草《ソクチョ》ではなく原州《ウォンジュ》に向かっているという錯覚にとらわれる。隣に座る女はさっきと同じように荒い息遺いをしている。巨人症にかかった人は臓器も肥大して呼吸に支障をきたし、一度発病すると長くは生きられないという話を聞いたことがある。この女も、わたしが置き去りにしてきたナツメの木のように、誰も顧みることのない不毛な地に閉じ込められ、内側からゆっくりと朽ちているところかもしれない。

突然の故障で時間をくったからか、バスはお決まりのサービスエリアでの休憩時間もとらず、先へ先へと疾走した。バスはいつの間にか大関嶺《テグァルリョン》に差しかかっていた。一年前、あの人はここでわたしのもとを去った。あの日、家を出る前の彼の肩を覚えている。力なく垂れ下がった彼の肩に手を差し伸べることすらできなかった自分の焦りも忘れてはいない。彼は当時失業中だったが、家を空けることが多かった。その間も女は三日に一度はナツメの木の家の門の前をうろついていた。失業中の彼がなぜあれほど家を空ける必要があったのか、わたしにはわからなかったし、知ろうともしなかった。もしあのとき、彼を引き止めていたら、開かれることのない彼の心の外で、女のように切に待ち望んでいたなら、あの人は、永遠にわたしのもとを去ることはなかったのだろうか。

高原付近の霧は、一寸先も見えないほど濃い。深い霧の中、バスは何度も急停車する。そのせいで何度も女と肩がぶつかり、視線が行き交う。肩がぶつかるたびに、女にもあの人との家がまだ残されているのか、気になる。女と視線が交差すると、女の心の中にあるあの家は、門の色は何色で、どんな木が植わっているのか訊いてみたくなる。

——長らくのご乗車ありがとうございました。間もなく終点の東草に到着いたします。皆様どうぞお気をつけて。

運転席から流れてくるアナウンスを聞きながら、腕時計に目をやる。早朝四時半だった。バスの故障と霧による徐行運転で、予定より一時間ほど遅れていた。腰を上げて棚からリュックを下ろすとふたたび座り、女を見た。女は手のひらで窓を拭くと、そこに顔をつける。東草市内から降り注ぐネオンが、女の顔を少しずつ刻んでいく。

バスが停車すると、わたしと女は乗客が全員降りるのを待ち、最後にバスの長い通路を通る。東草の明け方の空気は八年前と変わることなく、わたしを迎え入れてくれる。ターミナルの向かい、ふた筋目あたりにクムソンモーテルの古びた看板が見える。電気配線に問題があるのか、クムソンモーテルの看板の文字は一度にネオンを灯すことができず、一文字ずつ順にゆっくりと点滅する。人の手により丁寧に復元された舞台のように、その点滅まで八年前とまったく変わらなかった。

クムソンモーテル

カウンターの内側から差し出された、ピンクのプラスチック製の札がついた鍵を受け取ると、またも見覚えのある光景だ。カウンターでは、無理やり空気を吹き込んだような丸みを帯びた女主人が機械的にガムを噛み続け、わたしが受け取った鍵のプラスチックの札には、八年前と同じ部屋番号が刻まれている。茶褐色の絨毯《じゅうたん》が敷かれた階段の前では、きっと幸福の木《ドラセナ》が窮屈そうな鉢の中でしおれているはずだ。わたしは背を丸めて宿泊者名簿に偽名と偽の住民登録番号を記入する。この世のどこかで誰かがすでに一度は使用したことのあるような名前と数字が、見慣れない筆跡で記される。

ナツメの木を庭に植えたその年の秋、ガムを噛んでいた女主人に宿泊料を支払う彼の背中は、いつもどおり丸かった。幸福の木《ドラセナ》を通り過ぎ、茶褐色の階段を上るときは、一段一段時間をかけて力なく進むわたしを、彼はうつむいたまま待っていてくれた。

一階と二階の間の踊り場で足を止めたわたしは、なかなか上がってこられない女を、唇を噛んで見下ろす。女が最初の一段に右足を下ろしたのを見届けてから二階に続く階段を上り、女の重い足取りがどうにか二階に到達すると三階の廊下を歩く。背後で聞こえる女の足音は、巨大な体格に似つかわしくない、静々と慎重な足取りだ。

部屋に入るなり、蛍光灯のスイッチをつける。天井の真ん中に吊るされた丸い明かりは何度か点滅し、やがてワット数の低い赤みを帯びた光で部屋の隅々を照らし始める。照明にぶら下がった紐をぞんざいに引っ張ってみるが、赤い光が銀白色に変わることはない。女の気配が背後に感じられたのは、わたしがベッドの端に力なく腰を下ろしてからだった。わたしは無言で、入り口に立つ女を振り返る。女を見つめる目には、わたしの意志にかかわらず、ひとりでに力が入っていた。強く両目をこすり、ふたたび女を、目を凝らして見る。

もう思い出したくもないことだけど、わたしにもあんなふうに赤い照明だけが照らされていた時期があった。けれどそれは、光が醸す偽の痣《あざ》ではなく、本物の痣だった。太もも、腰、肩や首は赤い痣だらけだったあの頃のわたしを、完全なる別人に見いだしたこの瞬間を、わたしは黙々と耐える。あの頃、わたしの体に刻まれた痣の数々は、目を遠ざけるとやがて輪郭がぼやけ、原型は崩れていった。乱視のせいではあったのだろうけど、明かりを消して横たわると、傷跡がくねくねうごめく虫のように見え、恐怖で悲鳴をあげながら起き上がったこともあった。時間の経過とともに傷口は少しずつ癒えたけれど、傷があった痕跡自体が消えるものではなかった。この世のどこにも完全に消え入る痕跡などないってことを、父はきっと知らずにいた。

——出かける？

ずっと女から目が離せないまま、独り言のようにつぶやいてみる。まだ日は出ていないだろうが、朝を迎える東海《トンヘ》の海岸には誰かしら出てきているはずだ。ふたたびジャンパーを着込み、鍵をつかんで立ち上がる。女もやはりトレーニングウェアのジッパーを首まで上げてわたしについてくる。

浜辺は予想どおり、恐ろしいほど静まり返っている。ときどき、フラッシュライトを手にした軍人たちが通り過ぎるだけで、爪で引っかいたら亀裂でも入りそうな暗闇だけが海辺を支配していた。水平線の上にはいくつかの集魚灯が間隔をあけて点々としていて、時折、沖から発せられるほのかなひと筋の光が海辺をかすめていった。波が打ち寄せる砂浜に座り、無意識のうちにジャンパーの前をかき合わせて両膝を合わせるが、潮風は思いのほか冷たい。少しだけ離れて座った女の顔は暗くて表情を読み取ることができない。膝に顔をうずめ、習慣のように薬指にはめた指輪に触れてみる。いつの日からか、指輪の内側が錆びついていた。ひと月に一度、ガーゼに歯磨き粉をつけて磨いてみても、ナツメの木の家の赤い鉄の門のように、錆がひろがるのを防ぐことはできなかった。時間はあらゆるものを、時には人さえ錆びつかせてしまうことを、わたしはこの指輪を見て知った。

いつの間にか、女の横顔が赤い光を浴びる様子を、わたしはぼんやり眺めていた。女の視線を辿って目を向けると、水平線の頭上の低い雲が深い赤紫に染まっている。夜中の扉を開けて差してくる太陽の光により、鳥島《チョド》も少しずつ姿を現し始める。これまで、島は波にさらわれることなく、巨大な爪を持つ鳥に襲われることもなく、そこを守ってきた。

ふと気づくと、日の出を見にきた人たちの話し声が浜辺の至る所から聞こえるようになった。肩をひねって後ろを見る。一人、二人と見覚えのある顔が見える。ターミナルや高速バスの車内で一度はすれ違ったような面々だが、彼らはわたしには気づかない。その代わり、わたしの隣で充血した目で海を凝視しているたくましい体をした女にちらちら目をやりながら、避けるようにして去っていく。ひそひそ話す彼らの声に、わたしの耳がうずく。

いつまでも鳥島をじっと見つめる女は、まぶしいほどの黄金の光がゆらめく太陽の中でも瞬《まばた》きもせずにいる。ひどく真剣に見えるその横顔にわたしは違和感を覚える。ひょっとして、昨年の夏、サッシ工場でわたしが言ったことを覚えているのではないだろうか。こんなときは、女が本当に精神を病んでいるのか、疑いたくなる。時折、女は生まれつき口がきけないという事実が嘘のように感じられるように。

立ち上がって女を残し、モーテルの方へとゆっくり歩を進める。モーテルの入り口の扉を開けるまで、女はいつまでもそうしているつもりであるかのように、鳥島に視線を向けたままでいた。

原州《ウォンジュ》でのオリエンテーションの後、わたしは鍾路《チョンノ》にある事務所に補助社員として配属された。その当時、仕事を終えてわたしが帰れる場所は、五坪に満たない伯母《クンイモ》の部屋を兼ねた狭い台所だけだった。食堂とひと続きになっている台所は、夜毎《よごと》、耐えがたい悪臭を放っていた。なにげなくタンスを開けたとき、本棚から本を取り出したとき、仲睦まじく集合しているゴキブリたちを見つけ、驚きのあまり卒倒したことも幾度となくあった。その部屋に帰る時間をできるだけ遅らせるために、二十歳のわたしはいつも人より二時間ほど遅く会社を出て、人混みの鍾路や光化門《クァンファムン》の街を歩いた。鍾路五街《オガ》から光化門までは決して短い距離ではないが、わたしは夜な夜な五往復も六往復もその道を行き来した。時には、その長い道のりを往復した回数分、歳《とし》をとってしまったように感じられることもあった。疲れきった体で家に着き、布団に体を横たえると、節々がしびれて痛みで眠れないこともあった。

彼が訪ねてきたのは四月の一週目の金曜日だった。汚れたスニーカーが真っ先に目につき、その後、目深に被った帽子の下の小さく角張った顔が少しずつ見えてきた。わたしと目が合うと、吸っていたタバコを捨て、スニーカーで踏み潰すとぎこちなく笑った。わたしは唇を嚙みしめて彼の前を素通りした。毎晩のように歳を重ねていた当時のわたしは、彼の口下手でもどかしい口調に慣れた日に、わたしの人生は根こそぎ揺らぐのだろうと、老練な占い師のように自ら予言した。

その日も、その次の週の金曜日も、そして四月の最後の金曜日も、わたしは彼を無視し続けた。父の訃報は、彼から目を背けた四度目の日に届いた。

――お父さんが亡くなったよ。

やはり鍾路と光化門を徘徊してから帰宅したその日、腰を痛め床に伏して二年になる母が、相変わらずしっかり発音できない言葉でそう告げたきり背を向けた。歯が五本も抜けているせいで、話をするたびに母の唇には皺が寄り、それを見せられる相手の気持ちをやるせなくさせた。わたしは疲れた体を緩慢に動かし、部屋の角にしゃがんで一生をたぐり寄せると、父の死、父が死んだという事実をゆっくりと噛みしめた。

その晩は、朝まで雨が降り続いた。すぐ隣で何度も寝返りを打つ母と同様に、五坪にも満たない狭い部屋で寝ていたわたしと弟もやはり一睡もできなかった。

三日葬を済ませると、父が遺した灰は平澤《ピョンテク》の納骨堂に運ばれた。腰の曲がった母が、床にへたり込んだまま搾り出すようにして慟哭《どうこく》した。一生の半分を殴られて暮らしたというのに、それほどまで涙が出るということに、わたしはひどく驚いた。弟とわたしは泣かなかった。まるで示し合わせたかのように、ひとことも言葉を交わさなかった。母方の親戚に交わり賛美歌を歌い、全員で合掌し、前に進んでお線香を立てるという一連の儀式は、電話を受けて領収書を集め、コピーを取るという会社の味気ない日課となんら変わりなかった。このすべてを急いで済ませ、たとえ食べ物のにおいが染みついた伯母の狭い部屋であろうと、裸足で這っていってでも横になりたいという思いしか頭になかった。

そしてその翌週の金曜日、彼は取り立て屋のように足繁くわたしを訪ねてきていた。わたしはロビーから彼の後ろ姿を凝視していた。肩を落とし、背骨が浮き出るほどガリガリの背中が揺れているように映った。ロビーの掛け時計は八時を告げていた。金曜日にまで夜勤をする社員はほとんどいなかった。守衛室で初老の守衛だけが舟を漕いでいた。

わたしが先に、彼を呼んだ。

それからかなりの時が過ぎた後に、それまで聞いたこともないとてつもなく絶望的な声だったと彼が回想していたが、わたしは力の限りを尽くして彼を呼んだ。

声がかれるほど彼の名を、原州《ウォンジュ》の二次会の店で聞いて以来ずっと忘れずにいた彼の名前を叫びながら、足の力が抜けてその場に座り込んでしまった。三度目に彼の名を呼んだ声は、自分でも聞き取れないほど内にこもっていた。

彼が振り向き、守衛室の小窓もガタガタと開いた。彼はまるで、生まれて初めて自分の名前を呼ばれたかのように、驚いた顔でわたしを見つめた。立ち上がって駆けていき、父についてひとつ残らず話したかったのに、体がいうことをきかなかった。廊下でへたり込み、ただ血走った眼で彼を見上げていると、彼はゆっくりとわたしのもとへやってきた。彼が手を差し出し、ようやくわたしはその手をつかんで起き上がることができた。

その日以来、鍾路五街から光化門まで歩くわたしの隣には、しばしば彼がいた。二十歳の二人は、失った青春を地面から見つけ出そうとでもしているかのように、うつむいたままひとことも交わさず、ひたすら歩き続けた。そのときも彼は野球帽を目深に被り、よそ行きの服一着持たないわたしは、モノトーンのブラウスに安物のスカートをはいていた。絶え間なく通り過ぎていく夜の通行人たちは、あのときの二人をどう見ていたのだろう。雨の夜には彼はわたしの肩を抱き、二人で小さな傘の下にいた。傘の中にはいつも雨が吹き込んだ。彼との未来も、傘の中のように頼りなく寒いことはわかっていた。それでも、父の死後、わたしはもう伯母の台所での生活に耐えられなかった。あの四角い部屋から逃れられるのなら、あの四角い部屋でわたしとともに歳《とし》を重ねていった記憶の数々を忘れられるのなら、わたしはそれが誰であろうと、それがいつであろうと、なんのためらいもなくついていく心の準備ができていた。

わたしは毎日のように荷物をまとめ、ほどく準備をしていた。

けれども彼が実際にわたしを連れていったのは、翌年の二月になってからだった。そのときもまだわたしの給料はそっくり差し押さえられていたため、新居に必要なものはすべて彼が用意することになった。結婚式や新婚旅行などは、二人には輸入家具や高級な結納品ほどに贅沢なものだった。いくらもない服が入ったリュックを手にして伯母の狭い部屋を出る日、母はざっとくるんだ箱を二つ、わたしに差し出した。その頃、わたしを見下ろす母の無欲な視線を感じ、驚いて目を覚ますことがしばしばあった。暗闇の中の母はむしろ輝いていた。しわくちゃの紙切れのような口元の皺さえなければ、まるで鏡を見ているような気分だったはずだ。わたしは両目をぎゅっとつぶり、背を向けることでその不快な対面を避けた。箱を受け取り、リュックをもう一度開いて箱をしまう間、母はわたしが昔からよくそうしていたように、部屋の隅に体を寄せてしゃがみ、計り知れないほど深い胸の奥底から、ゆっくりと涙をたぐり上げた。借金さえなければ、結婚もせずに同棲するという娘を送り出すなんてことはしないと涙声で言うが、わたしは何も言えなかった。ずっと部屋の外に立っていた弟がいきなり入ってきて、リュックを奪うようにして出ていった。わたしと年子の弟はその年、二十歳になったばかりだったが、すでに入隊を申請していた。これで母は父の遺影を飾って祭祀《チェサ》も行える。弟がドアの外からわたしを呼ぶ。わたしはそうして、文字どおり身ひとつで伯母の狭い部屋から、あの四角い青春からどうにか抜け出すことができた。

その晩、母が用意してくれたお揃いの冬物のパジャマを仲良く着た二人は、一つ屋根の下に横たわり、この世の最果ての空間の外から聞こえてくる風の音を聞いた。わたしたちは二十一歳で、それは二月末のことだった。新しいパジャマにはほのかな石油のにおいが残り、唇のはざまから漏れる喘《あえ》ぎには軽い咳が重なった。

わたしの体に根を下ろした彼の髪からは木の葉がはらはらと舞い落ち、その中で身を潜めていた鳥や虫たちが声を張り上げて鳴きもした。貧弱ではあっても木質《きだち》のように堅固な彼の背中を抱きしめる間、彼とわたしの喘ぎ声は宇宙を一周し、木陰の下にひっそりと消えていった。

風が静まり、宇宙を彷徨《さまよ》う二人の物語も終わりかけた頃、やつれた表情でわたしの胸に顔をうずめていた彼が、春になったら田舎にいる母さんに会いに行こうと言った。けれど、そう言ったきり、それ以上は母親について語らなかった。わたしが酔った父の暴力を語らなかったように、彼もまた、若くして還暦を過ぎた初老の男と再婚しなければならなかった母親の話を、胸にしまっておいたのだ。

いまのわたしは、何があれほどまで二人を沈黙させたのか、いったい誰のためにあれほど多くのことを隠し通さなければならなかったのか、わからない。ゆっくりと苦痛を伴いながら時間を巻き戻してみても、わたしたちはただの一度もお互いの心の奥底まで手を伸ばしたことがない。それがお互いへの配慮だったのか、あるいは、そこまでして自分を守るべき何かが二人にはあったのか、いまとなってはその答えを知る者はいない。二人のこれまでの八年が、これほどまで何でもなかったことを独り思い知らされるとき、苦しみはわたしに迫り、問いつめる。本当にそんな時代があったのかと。すべては儚《はかな》い夢の中の出来事だったのではないかと。けれど、そんな問いにすら、わたしにはどう返事をすればいいかわからない。

大浦港

大浦港《チポハン》の入り口から船着場に続く道の両側には、さまざまな刺身料理屋や魚屋、海産物の直売所がぎっしり立ち並び、行き交う人々を呼び込む。ところどころに置かれたドラム缶からは、煙いかがり火が白く立ち込めていた。来た道を何度も行き来してみるが、どこも似たような店構えで、彼と一緒に刺身を食べて焼酎を飲んだあの店を見つけることができない。結局、わたしの足は、明るい照明の清潔そうな料理店ではなく、都会の屋台のような古びたテントの方へ向かう。看板もない、天幕を張った刺身料理屋だったというのが、わたしの記憶のすべてだったから。テントの入り口に並べられたプラスチック製のたらいの中では、さまざまな魚やイカなどが互いの尻尾を追い回し、波のたたない輪を描いていた。

ガタガタする木製の椅子に腰を下ろすやいなや、わたしはヒラメの刺身と焼酎を三本注文する。主人の中年男は、なんのためらいもなく包丁ひとつでヒラメをさばく。人生のあらゆる悔恨がそうさせているかのように、繰り返し魚の鱗《うろこ》を剝《す》く包丁さばきは淀みない。女はずっと眉をひそめながら、男の包丁にちらちら目をやっていた。

男がわたしたちのテーブルに刺身と焼酎を運んでくると、女はうれしそうに笑う。さっきまで気色悪そうにしていた表情はすっかり消えていた。お腹がすいていたのか、女は次々に刺身を口に運ぶ。考えてみると、女とわたしは束草《ソクチョ》に着いてから、まともな食事を一度もしていなかった。わたしはお猪口《ちょこ》をもう一つ持ってきて焼酎で満たす。女は袖口でざっと口を拭くと、わたしが差し出した焼酎を両手で受け取る。お猪口に映る女の手は、幼い子どもの手のように小さい。その小さな手に、ビールのジョッキ越しに見えたあの人の手が重なって見える。小さな手と血管が浮き出た手の甲が交互に目の前に現れて消える。わたしは頬杖をつくと、潮の満ち引きのように行ったり来たりしている女のお猪口を眺めながら、自分の分も注いで飲む。三本目の焼酎も底が見えてきた。仄暗《ほのぐら》い明かりの下、女の顔が赤く染まっていく。

「ごめん」と言った。

八年前、彼はいまの女のようにわたしの前に座って無言で焼酎を飲みながら何度かわたしに目を向け、ふと、「ごめん」と言った。そのときは、その言葉がこれほど長い間わたしを苦しめることになるとは思わず、だからなぜそんなに罪悪感を感じるのか、訊けなかった。訊いたことがないから、彼が用意していた言葉もいまとなってはわからない。うつむいて、わたしは笑う。店内にいた人々の視線が一斉にこちらに向けられる。ひとり笑い続ける若い女と、巨大な背を丸めて焼酎を飲む巨人の女の図は、彼らにとっては不思議でならなかったはずだ。わたしの笑い声はますます高まり、女の顔はみるみる赤くなる。闇に覆われた夜の海の波音がすぐそばでしているように感じられた。

わたしはお猪口に最後の焼酎を注いで一気に飲み干した。

女が先にテーブルに額を突いてダウンする。わたしはふらふらと立ち上がり、女の腕をつかんでやる。ようやく自分の体にぴったりの世界を意識し始めたのか、女は何度も体をくねらせる。四方から人々のひそひそ声が聞こえてきた。乱視のせいで店内の人たちがひとかたまりの群衆のように滲《にじ》んで見える。わたしは、誰も本心を明かすことのない、その多くの人たちの数々の視線を無視して女に肩を貸しながら店を出た。

店を出ると下弦《かげん》の月がいくつにも分かれ、わたしを照らし始める。月暈《つきがさ》のせいでシルエットがぼやけた月を、わたしは首をそらして見上げる。ねえ、そろそろなんとか言ったらどう。何がそんなに罪悪感を感じさせたのか。けれど、彼はまたしても返事をせず、わたしたちの間には一緒に暮らしていた日々のように、重い沈黙だけが残る。返事が聞けないのなら、わたしはもう、「ごめん」と言ったあの瞬間の彼の胸の痛みなど、これ以上わかろうとしてはいけない。記憶は思い出にならないほど脆弱で、幸せというものを感じられないほど距離を置き、お互い見守るだけだったあの七年間、きみが唯一よく口にしたあの「ごめん」を、いまのわたしでもとうてい理解ができないから。

おぼつかない足取りで前を歩いていた女が突然、クムソンモーテルの向かいのスーパーの方へ向きを変える。閉店しているスーパーの入り口の前にしゃがみ込んだ女は、前かがみになって長い間、吐き続ける。薄くかかった霧のせいか、女のシルエットは不透明にぼやける。わたしはゆっくり女に近づき、背中をさすってやる。すべてを吐き出したようで、透明な焼酎だけが突き上げてくる。口元に残る吐いた跡を袖口で拭ってあげると、女は荒い息を吐きながらゆっくりとわたしの肩にもたれる。閉ざされたスーパーのガラスの扉に映し出された、わたしに寄りかかる女の姿にわたしは見覚えがある。

顔を上げてみる。目の前に広がる道はもう浜に続く道ではない。浜への二車線の道路は彼が働いていたサッシ工場へと続く狭い路地になり、わたしはいつしかひとり、その道を歩いている。彼が去ってから、ひとりで彼の田舎を訪ねて帰ってきた日、脇目も振らずあの狭い路地を歩く自分の後ろ姿が手に取るようにしだいに鮮明になる。

工場の正門には低いバリケードが張られていた。しかしバリケードは垂れ幕がいくつか掛かっているだけだったので、簡単に中に入ることができた。まだ日が暮れる前だったが、建物の中は真っ暗だった。わたしと暮らしている間、彼はかいがいしい渡り鳥の雄のように、その工場とナツメの木の家だけを往復した。上司の顔を殴ることもなかったし、憤りを抑えられず飲み会をぶち壊すこともしなかった。しかし、彼がこの世を去る三か月前に工場は潰れ、彼は五か月分の未払いの給料を受け取ることなく職場から追い出された。工場は中国の地方都市に移転するようだとささやかれるだけで、工場主は現れもしなかった。彼の同僚たちは一人二人とさらに寂《さび》れた町の工場へと移り、水色《スセク》を去っていった。

シートが被せられた停止したままの機械からは、人のにおいや温もりが抜けていた。買い手がつかず放置されたままの工場は、かつては屠畜場だった場所だと言われてもうなずけるような雰囲気だった。作業場は奥に入るほど薄暗く、じめじめしていた。角の壁に背を預けて座ると、どうすることもできないほどの重い疲労感が押し寄せた。おそらくその一週間前から一日もまともに寝ていなかったはずだ。うつむくと自動的に瞼《まぶた》が閉じた。甘い眠りの誘惑は恐怖や不安を忘れさせた。うとうとしながら耳にした浅く苦痛に満ちた泣き声は、疲れのせいで聞こえる幻聴だとばかり思っていたから、わたしはその泣き声が夢の外に出てこないように眠りの扉をしっかり封じておいた。

かなり長い時間が過ぎ、目を覚ましたときも、幻聴だと思い込んでいた泣き声はまだわたしの耳元に残っていた。ようやくわたしは体を起こし、セメントの床を一歩踏み出した。一歩一歩近づくにつれ、むせび泣く声は現実味を帯びてきた。陽の当たらない機械の裏に人のシルエットがうっすら浮かぶと、わたしは自分の目を疑った。

手で目をこすり、ふたたび女の方に目を向けた。寒かったのか、女はできる限り体を丸め、膝の間に顔をうずめていた。話すことのできない女には説明のしようもないが、少なくとも女がそこで彼を待ち続けていたことだけは確かなようだった。女のそばへ行ってしゃがんだ。顔にへばりついた女の濡れた髪をかき上げると、赤く血走った両目が現れた。戻ってくることのない彼を待ちながら、女は泣き疲れては眠ってしまいを繰り返していたはずだ。女にもそうやって、彼との別れを準備する時間が必要だったはずだから。女は突如、わたしに背を向け、ゴホゴホと軽く咳き込む。手で口を覆い、静かに咳をする女の姿は、巨人であることを思わせない。その姿を目にしてようやく、近所の人たちに聞いていた、お人好しで小柄だったかつての女を想像することができた。巨人症を発症するまで、女は計算を間違えてばかりの祖母の代わりに店番をしたり、近所の食堂で人手が足りないときには日当をもらって厨房を手伝うこともあった。その頃の女は、たとえ損をすることがあったとしても、怒り散らす人の前であっても、ただ人のよさそうな笑顔を浮かべるだけだった。時には足りない人間のように思われることもあったけど、それでも人々は女を無下《むげ》に扱うことはなかった。女が巨人になっていったのは、つまり人々が女にすげなく接するようになったのは、彼とわたしがそこに落ち着く三、四年ほど前のことだったという。脳のどこかに腫瘍ができて手術をしたのだが、その手術のせいか、その後、見る間に体が大きくなっていき、それからはなぜか精神にも異常をきたすようになったのだと。にわかには信じがたい女の過去を覚えている近所の人も減っていった。女の小柄だった過去は、きちきちのメンズのジャージを着てうろつく女の後ろ姿にかき消され、少しずつひとつの伝説となっていった。

初めてナツメの木の家に来た日以来、女はたびたび仕事帰りの彼を追って赤い鉄の門の前までやってきた。女がそれほど彼を慕っていたのは、単に家を修理してやったり、薬を買い与えたからというだけではなかったはずだ。しかし、わたしは口のきけない女と口下手な彼にあれこれ訊きはしなかった。閉ざされた門の外で塀の内側を覗き込みながら、聞き取れない歌詞を口ずさむ姿を目にすることもあった。洗濯物を干していたわたしは、濡れた手のまま駆けていってわざと音を立てて門を閉じた。門の隙間から覗く、純真な女の瞳がチリンチリンと鈴の音を鳴らす。いつの間にか庭先まで出てきていた彼が、門を背にしたわたしを睨んでいた。そのまま寝室に入ってしまった彼は、その日の夜は寝室から一歩も出てこなかった。

大粒の涙を巨大な手の甲で拭った女は、やがてわたしに笑顔を向ける。わたしはひざまずいてそっと女に抱《いだ》かれる。女の懐《ふところ》は大きな二つの峰のようにゆったりとわたしを受け入れる。彼は東《トン》海《ヘ》にある鳥《チョ》島《ド》という島に行ったのだと、ひと月前にわたしがそこに彼を送り届けたのだと、工場の床を染める紅い夕陽を眺めながら、わたしは言ったはず。

――だから待たないで。あの人はもう、戻ってはこないから。

――……。

大きく心地よい女の鼓動がにわかに早まり、やがて鎮まる。女の胸に顔をうずめ、わたしはいつしかふたたび眠りに落ちていた。

目を覚ますと、女はもういなかった。そこでいくら待っても彼は来ないことを理解したのだろうか。わたしはそこまで言えなかったが、彼はもう二度と戻ってこられない遠い場所へ行ってしまったということも、やはり悟ったのだろうか。女が座っていた場所を見つめながら、ともすると女はこれまで足りないふりをしていただけかもしれない、そう思った。ただ、ずっと彼のそばにいるために、とてつもなく孤独な演技を続けてきたのだと。

女が祖母とともに水色《スセク》を去ってから、近所ではしばらくの間、二人がなぜ突然、金浦《キンポ》に引っ越したのかが話題にのぼった。ボランティア団体が金浦に家を用意してくれたと言う人もいれば、金浦にいる遠い親戚が二人の面倒を見ることになったと言う人もいた。死後に献体するという約束で、ある大学病院が大金をはたいて家を用意してくれたのだという噂もあった。しかしそのなかで、女が辿る道を心の底から知りたがっている人は誰ひとりとしていないように思えた。誰ひとりとして口に出す人はいなかったけれど、誰もが知っていたのかもしれない。女が精神に異常をきたしたのは手術の後遺症ではなく、狭すぎるかあるいはぴったりすぎる世の中にひとり取り残された悲しみのせいで、しばらく演技をしているにすぎないのだと、ともするとみんな気づいていたのかもしれない。

わたしに寄りかかる女がさらに体を近づけてくる。酔いが醒めてきたのか、肩を軽く震わせる女をそっと抱いてみる。女とわたしはそうして、二人にはあまりに狭いかあまりにぴったりしすぎる世界へと、扉を開けて肩を並べて足を踏み入れる。わたしたち以外には誰も知らない未知のその場所は、思ったほど寒くはなかった。

三〇四号室、赤い部屋

ベッドに横たわった女は両目を閉じて浅いいびきをかいている。例の、めいっぱい呼吸をする女の胸の上にそっと顔をのせてみる。やがてわたしの顔も、部屋中のあらゆる物たちも力いっぱい呼吸を始める。化粧台にナイトテーブル、テレビ、掛け時計には、わたしには見つけることのできなかった心臓が一つずつ隠されているようだ。

掛け時計が午前零時を指すのを確かめると女の胸から顔を離し、ゆっくりと立ち上がる。初秋の波音は窓のわずかな隙間から忍び込み、三〇四号の赤い部屋から血を吐き出す。窓辺に行き、カーテンを端に寄せて窓を全開にする。水平線の上には集魚灯がぎっしり並んでいる。ごわごわしたゴムの作業着を着てイカを引き上げている漁師たちの号令がここまで聞こえてきそうでもある。

彼に話したことはなかったけれど、わたしもかつてここと似た港町に住んでいた。父が家族を連れて故郷《ふるさと》を去り、ソウルに来たのは台風のせいだった。台風が北上した日、ロープが外れて竜骨《キール》が破損する事故さえ起きなければ、父も海の謀略を巧《うま》くかわす術を知る、腕のいい海の男のままでいられたかもしれない。

借金を負ってソウルに夜逃げした父にできることは多くなかった。海風にさらされて育った男には、得体の知れない憎悪と酒に溺れた末の暴力だけが残された。時に、その憤りは台風のように突如、母と弟、そしてわたしに向けられた。父は自らの暴力に声ひとつあげないわたしを、とくに目の敵《かたき》にした。泣きながら許しを請う代わりに、わたしはしばしば下着姿のまま門の外に追い出された。思春期になると、弟が命がけで上着をかけてくれもした。門の外から眺める家は、いつだって信じがたいほど温かそうに見えた。たまにでもわたしが門の外で泣いていたとしたら、それはただ外から見上げた家の温もりがあまりに寂しそうだったからに違いない。

ソウルでの暮らしが長くなるにつれ、出処《でどこ》のわからないお金を持ち帰る日が増えるにつれ、父の暴力もどうにもならないほどエスカレートしていった。父が投げつけた置き物が当たり、胸の真ん中に痣《あざ》ができた日、母は前歯一本に下の歯が二本折れるまで殴られて気を失った。倒れた母とわたしを台所の隅に追いやり、シンナーをかけた日でもあった。父の赤黒い顔にそのときほど恐怖を感じたことはなかった。その頃、父は高血圧と肝硬変を患っていた。両目は黄色く濁り、肌の色は日増しにどす黒くなっていった。父は体の熱を氷で冷やした。冷凍室には常に製氷皿がぎっしり詰まり、父のそばでは四六時中、ガリガリと氷を砕く音がしていた。その日、帰宅が遅くなった弟が食卓の椅子を父の後頭部に振りかざしていなければ、父はすっかり焼け落ちた灰の山の上で氷を嚙み砕きながら、その日一日を終えていたかもしれない。普段は強靭そうに見えて、それがかえってわたしを不安にさせた弟が、倒れた父のそばでへたり込んで肩を揺らし、声をあげて泣いた。

窓辺にもたれて座り、浴室に目を向ける。向こうにある浴室のドアは二重、三重にぼやけて見える。立ち上がって壁伝いに一歩一歩、浴室へと向かう。壁から漏れ聞こえる他者の喘ぎ声は、境が薄れゆく被写体のようにもの悲しい同心円を描き、わたしの足取りはさらに重くなる。浴室の鉄のドアノブを両手で引っつかんだ瞬間、わたしはガリガリ、心臓から湧き起こる力で唇を嚙みしめる。

不可解な夜だった。ぼた雪が降る音は氷を砕く音のようにぞっとさせ、雪を切る風は死者たちの吐息のように冷ややかな響きをあげて家を覆っていた。そのとき、母の恐怖に満ちた悲鳴が部屋の隙間を突き破り、わたしにまで届いた。そばにあった上着をひっかけて部屋の扉を開けると、父は見知らぬ男たちの前でうなだれ、無気力なまま立ちつくしていた。おのずと父の両手に光る銀色の手錠に目がいった。弟もようやく目覚めたのか、居間の暗がりをかいくぐり、こちらに慌てて駆けてくる。わたしはうなだれる母を後ろから抱く。そのとき、振り返った母の眼光をいまでも覚えている。おまえだね？　意外なほど鋭く光るその目は、わたしにそう訊いていた。わたしは答えなかった。ただ、立ち上がろうとする母の肩をぎゅっと押さえつけ、弟が立っている場所をじっと見つめるだけ。弟は惨めさからか、切なさからか、わたしに向けて言いようのない笑みを浮かべた。その一週間前、通報を終えて警察署から出てきたわたしに、弟は同じような笑顔を見せた。

男たちは父の肩をどついて玄関の方へ向かわせる。父は貸金業者だった。しかも暴力団と結託した悪徳高利貸しだった。しだいに卑屈になっていく父の丸まった肩を理解することはできなかった。父の手にはめられた手錠が、父を別の場所へ連れていくのだということも、にわかには信じられなかった。

男たちが両側から父の腕をつかみ、玄関を出ていくと、ようやくわたしは母の肩から手を離し、外へ飛び出した。一度だけ父を呼んでやる。そして堕《お》ちた敗者のような顔だけを永遠に記憶にとどめるのだ。頭の中はそのことでいっぱいだった。パジャマの下から覗くふくらはぎと、運動靴を踏んで履いた足の甲が寒さでカチカチに凍りつく。

——お父さん！　お父さん！

しばし立ち止まった父が、わたしの方へ顔を向ける。ぼんやり映る横顔の鼻筋に雪が降りてきた。止まったきり動こうとしない父を、男二人が手荒に門の方へ引っ張る。門の前まで行くと、男の一人が庭に向けてカーッと唾を吐き、先に門の外へ出る。残りのもう一人は父の臀部《でんぶ》を靴先で思いきり蹴り上げた。わたしはその一つひとつを見逃さんとばかりに、父の体が門の外に引きずり出されるまで、じっと見つめていた。門が閉ざされ、父の姿が見えなくなるとようやく、わたしは降りしきる雪の上に頽《くずお》れ、心の中で繰り返した。

終わった。

やっと、終わった。

――まさか、虫一匹殺せなかった人が、債務者の臓器まで売買してたなんて、信じられないね。天罰が下るわ、天罰が。

酒に酔った父の姿を一度も見たことがない伯母《クンイモ》は、翌日、アイロンにまで赤札が張られた家の中を見回すと、そう言った。

――誰かが稼がないことには、誰かが。

いつの間にかわたしの前に来て座った伯母は、わたしを見つめながら生唾を呑み込んだ。

翌年、わたしは大学進学をあきらめた。他の子たちが自習をしたり学習塾に通う間、わたしは家と学校から遠く離れたインターネットカフェや居酒屋でアルバイトをした。伯母の台所を兼ねた部屋に引っ越す前日には、誰も赤い札を張らなかったシンナーの容器をボイラー室から持ち出して教科書や参考書の上に振りかけた。マッチを擦《す》って紙の山に放ると、瞬時に火柱が上がり、家まで呑み込まんばかりに勢いよく燃え盛った。できることならすべてを焼き尽くそうとするかのごとく、猛烈に燃え上がる火柱を眺めながら、わたしはその家での記憶のすべてが燃えてなくなることを信じた。けれど、その信じる気持ちを守るために、何をどうすればいいのか、十八のわたしにはわからなかった。誰も、母や伯母でさえ、記憶はその後の人生を根こそぎ揺さぶることもあるということを、教えてはくれなかった。生きていくということは、自分に与えられた時間に耐えるということは、最も致命的な記憶のワンシーンに帰結せざるをえない短い旅路にすぎないのだと教えてくれる人も、わたしには一人もいなかった。

シャワーから流れ出るお湯はそれなりに温かかったが、浴室内は変わらず寒い。服を着たままタイル張りの床にしゃがみ、シャワーヘッドを頭上に掛ける。夏の日の夕立のように、熱くも乾いた湯が全身を濡らす。濡れたジーンズと灰色のシャツが徐々に体にへばりつく。それでも気だるささすら感じさせる温もりで体が包まれるシャワーの下で、わたしはいつまでもそうしていたかった。長い時間こうしていたら、わたしの頭の中にこびりついて離れようとしない古く錆びついた記憶たちも、つかの間であれ温もりに癒されるかもしれない。

いつの間にか、眠ってしまったようだ。

浴室内に熱い水蒸気が充満するとようやく目を覚まし、蛇口を閉める。中腰のまま顔を上げると、湯気で曇った鏡が目に入る。手を伸ばし、鏡を拭いてみる。鏡の中にはやがて、化粧が滲んだ見知らぬ顔が浴室の扉を開けて入ってきてわたしを凝視する。今度は両手で鏡を掻き消す。しかしいくら拭っても鏡の中に閉じ込められたままの自分の姿は、逃げることもできずその場に留まる。いつしか鏡の中の自分が笑い始める。十八のわたしが、二十歳のわたしが、そして二十九歳になってしまったいまの自分が、折り曲げられた過去の時々を広げ、抜け出してきて一緒に笑っている。

いまになってわたしは、一年半前、彼がなぜ雨の中をわざわざここまで来ようとしたのか、わかるような気がする。彼は赤い照明が宿る三〇四号室で、過ぎ去った時間を呼び起こしたかったのだ。誰の記憶にも存在せず、誰ひとり知ろうともしない、平凡な写真や書類によってさえ証明されることのない日々が、本当に存在したことを確かめるために束草《ソクチョ》に、この部屋に来ようとしたのだ。家を出る前、彼はふと振り返り、微笑んでみせた。わたしはその微笑に見覚えがあった。原州《ウォンジュ》でのオリエンテーションの最終日、ビールを飲んだ店を出てからも、彼は同じように微笑むと名を名乗り、わたしの名前を訊いた。ひょっとすると、会社に訪ねてきた二十歳のある日にも、その笑顔を見せていたかもしれない。間をおき、何度もためらいながら、長い時間をかけて彼はこう言った。母さんが亡くなった、冬になる前に母さんに会いに一緒に旌善《チョンソン》に行こう、と。

わたしが覚えている、彼の最後の言葉だった。

鳥島

壁越しに雨音が聞こえてくる。

意識が戻り、目を開ける。わたしはいつの間にか浴室ではなく、部屋に座っていた。浴室から出て、テレビ台と化粧台の間の角で膝を抱えて眠ってしまったようだ。急に寒気がして、両腕を交差させて肩を抱く。髪、ジーンズ、シャツからはまだ滴《しずく》がポタポタ垂れている。そのまま立ち上がろうとする。けれども思いとは裏腹にすぐにへたり込んでしまう。手探りで明かりのスイッチを探してつける。赤い照明がつく間、潮風がふたたび部屋の中で吹き荒れる。ゆっくりと明順応すると、壁の方を向いて寝ている女が真っ先に目に入る。

そろそろ女を家に帰さなければ。

リュックからペンと紙を取り出すと、赤い照明の光を頼りに電話番号を書き記す。女の祖母なら今回もここまでタクシーで駆けつけるはずだ。電話番号の横に「巨人の女」と書いてから塗りつぶし、三〇四号とだけ書く。顔を上げてベッドに目を向ける。なぜか女の荒く激しい息遣いが聞こえてこない。女はいま、夢の中であの人に会っているのかもしれない。いつかの夏の夜のように、わたしがこしらえた夕食の膳を前に、彼と差し向かいで仲良く座っているのかもしれない。夢の中で彼といるのなら、苦しくても、荒く激しい呼吸をしばし内に呑み込まなければならないはずだ。ベッドの端に放り投げておいたジャンパーを取り、扉を開ける。閉める前にもう一度、女を振り返る。熟睡してはいなかったのだろうか。ベッドでうずくまっていた女が突然、左右に寝返りを打ち始める。わたしは急いで扉を閉め、真っ暗な廊下を大股で歩く。

カウンターの奥は予想どおり電気が消えていた。丸顔の女主人の姿も見えなかった。カウンターの細長い窓ガラスを横に引き、その隙間から手を入れて急いでメモ書きを台の上に置く。風で吹き飛ばされないよう、腕時計を外して紙の上に重しをしておくことも忘れない。

モーテルを出ると、冷たい風が肌を刺す。深夜、雨の降る海には日の出を待つカップルもいないはずだ。持ってきたジャンパーを羽織り、裸足で浜辺に歩いていく。潮はある程度引いていた。水気を含んだ砂に足を取られ、何度も転びそうになる。欠けた貝殻が素足に刺さり、鋭い痛みに襲われる。やがて、ふくらはぎと太もも、首、髪が夜更けの雨に濡れそぼつ。ジャンパーは雨水を吸い込み、わたしの体をとことん縮こまらせる。

ついに雨の中、鳥島《チョド》がかすかに浮かんで見えてくる。ここに来ることを決心したときから、いや、彼がわたしのもとを去った日から、わたしは鳥島が見える砂浜に佇む自分の姿を想像してきた。ゆっくりと、一歩一歩、波の中へと進む。冷たい海水が足首とふくらはぎを濡らす。その瞬間、どこからともなく聞こえてくる叫び声が、夜明け前の海の寂寞とした暗闇を散らす。ずたずたに刻まれた暗闇に、叫び声が溶け込んだかのように、方々に女の乾いた絶叫が広がる。後ろを振り返る。女が叫びながらわたしの方へと必死に駆けてくる姿を、わたしは顔をしかめて眺める。叫び声には、長い間、内に呑み込むしかなかった女の孤独がこもっているようでもあった。声帯を通してではなく、女の孤独な生涯から噴き出しているようなその絶叫に、わたしの耳は痛い。ふたたび前を向き、打ち寄せる波をじっと見つめる。波はもう太ももの高さまで来ている。しかし、両足はなかなか前に進めない。波がさらに深く海岸線へと押し寄せると、むしろ後ずさりする。波はまるで、ここまで女を連れてきた卑怯なわたしをあざ笑うかのように、さらに高波になり、ふたたびわたしの体をさらう。どこからか、若い男たちの大声が聞こえた瞬間、待ちかまえていたまた別の波がわたしの胸を襲い、引いていく。呑み込まれて砂の上に膝をつく。大声の後ろからはホイッスルの音が雨音に混ざり、非現実的に響いている。膝が折れたまま、波に向かってのそのそ這うように進む。

ふたたび迫りくる波の摩擦力は思いのほか強かった。瞬時に腰から前のめりになる。波がからだじゅうに絡まり、海水が喉の奥まで侵入する。体の中まで冷気が巡り、もう髪まで浸かっている。いつしか孤独な絶叫、ともすると切に待ち望んでいたのかもしれない、聞き覚えのあるような女の声が少しずつ遠のいていた。暗闇を蹴破るようなけたたましい笛の音ももうわたしには届かない。

目を閉じる。これからわたしは、このひっそりとした浜辺までわたしを追いかけてきた秋の雨に打たれながら鳥島まで流されていくのだ。胸の奥深くまで染み渡る海水がわたしを導いていくこの瞬間、いまはただ慰めになる。もう何も覚えておく必要がないという、どこにも帰らなくてもいいという、この夢のような幻想が、むせびながら現実的な苦痛を覚えるわたしの意識をゆっくりと奪っていくだけだから。

夢を見ているようだ。すべてが浅い霧の中に原形をとどめることなく埋もれている。どこに向かっているのか自分自身にもわからない。かなり長い時間が経った後、わたしが歩いているのは人気《ひとけ》のない細い道であることにようやく気づいた。

少し前までバスの運転手の隣の座席に座り、山々が幾重にも重なり合う窓の外の景色をずっと眺めていた。旌善《チョンソン》から林鶏《イムゲ》に続く国道四十二号線の中間あたりでバスが止まり、運転手はわたしが渡したメモを見ると、ガードレールの向こうの山の麓《ふもと》にあるその家を教えてくれた。ひっそりとした道の突き当たりに粗末な家屋が一軒ぽつんと建っている。彼が住んでいた家はセメントを適当に固めて建てたような印象を与える。門もないその家に恐る恐る足を踏み入れたそのとき、誰かがわたしを呼ぶ。いや、わたしの気配を呼ぶ。

道の向こうから、畑仕事を終えてきたかのような初老の女の人が、手ぬぐいで顔を拭きながらわたしの方に近づいてきた。少しずつ唇を動かし、どうにか彼の名を告げると、女性は感極まる表情で駆けてくるなりわたしの手をつかんだ。温かかった。きっと、その温かい感触のせいだったのだろう。わたしは、自分の胸にも達しない痩せ細った小柄な女性の肩に思わず顔をうずめた。

夕暮れ方、女性に連れられて雑木が生い茂る家の裏山に登った。わたしが彼の母親のお墓にお辞儀をしている間、女性は商店で買ってきた清酒を開けてお墓に撒《ま》いた。わたしにも紙コップを差し出し、お酒を注いでくれた。紙コップの中の透明なお酒に雨雲が映った。いまにも夕立が降りだしそうなその雨雲を、わたしはお酒と一緒に呑み込んだ。薄霧が山の頂《いただき》まで続き、空に広がった。

その日、彼の母親と本当の姉妹のように過ごしたというその女性からたくさんの話を聞いた。彼のお母さんは生まれつき言葉が話せなかった。彼女の息子は言葉を覚える時期にまず沈黙を覚え、それが彼女にとっての大きな苦しみとなった。話したいことを手ぶりと唸《うな》り声で伝えなければならなかった母子の脆《もろ》い時間を想像する間、わたしは顔をしかめていた。

お嬢さんにひと目会いたいいって言ってね。死んでも死にきれないいって。

清酒のせいだろうか。しだいに眩暈《めまい》がしてくる。ちょうどそのとき、高波が打ち寄せ、ふたたびわたしを襲って通り過ぎる。風船のように膨らんだわたしは、小鳥になりたい。小鳥になって向こうに見える鳥島《チョド》に飛んでいき、そっと口づけしたい。そこで一生、日の出と落潮《らくちょう》を眺めながら暮らしたい。重なりゆく日の出と落潮の回数により、生きてきた日々を実感したい。

――お似合いですね。

モーターボートを操縦する中年の男が笑いながらそう言う。二十一歳のわたしと彼も、なんとなくつられて笑った。島島を回るときにボートが急旋回し、わたしは彼の胸の中に思いきり飛び込むことができた。彼が着ていた救命胴衣には、いかなるものでも繕《つくろ》うことはできないような、小さな穴が一つあいていた。

――し、新婚旅行ってとこですよ。

彼ははにかみながら、しなくてもいい説明をした。だが、中年男は彼の言葉を信じていないようだった。原州《ウォンジュ》から一年余りの歳月を通り過ぎてきたのに、化粧っ気のないわたしと相変わらず野球帽を被っていた彼は、高校生のように幼さを残していたはずだ。給料がいまだ全額差し押さえられていた時期だった。母は時折電話をよこし、いますぐ会社を辞めるようにと言ったが、誰かが返済しなければならないお金だった。臓器を奪われたばかりか、家族まで酷い目に遭わされた男たちは、牙《きば》をむいてわたしの給料を奪っていった。彼らの妻たちは、罪を償《つぐな》うことはできないと言い、この世で最も薄汚い醜悪な世界に売り飛ばされなかっただけでもありがたいと思えと、わたしの世界に唾を吐いた。

カモメたちがモーターボートの後をついてきて、わたしの頭上をかすめていく。渡り鳥が訪れる島という意味で名付けられた島だったが、ボートがいくら島に近づいても渡り鳥は見えなかった。代わりに、腹をすかせた老いたカモメの群れだけがずっと後をついてきて頭をついばむ。うら寂しい風が吹きつける秋の真昼のことだった。他者の唾液によって傷つけられたわたしの体を胸に抱き、水しぶきを呑み込んでいた彼は、ボートが島の近くにしばらく停泊する間、カモメほどありふれた金メッキのペアリングをポケットから取り出した。わたしが用意した唯一の嫁入り道具だった冬物のパジャマのように、大きさの違う同じデザインの指輪がわたしと彼の薬指に順にはめられた。

いつの間にか、その島でわたしは歌を歌っている。

顔を向けると、長い間わたしを待っていた彼が遠くに佇んでいる姿が浮かぶ。実は一年半前、束草に来たことがあると、わたしが先に告げる。知っている、そのときのおまえの震える指先を覚えていると返事をする彼の口調は、もうどもることなく落ち着いている。なぜあれほど震えたのかと、諭すように尋ねもする。春の雨が降るその日の束草は寒かった。意図したわけではなかった。ただ、はるか遠く太平洋や大西洋から集《つど》ってきた風が、わたしの指先を震わせたのだ。モーターボートに乗って鳥島まで来て骨壺を開けると、彼は風に乗って天高く上昇していった。

お嬢さん、大丈夫ですよ、極楽に行きますよ。

さいわい、モーターボートを操縦していた男は、黒のスーツに雨合羽を着ていたわたしに気づかなかった。同情の舌打ちをする男に背を向けて座り、わたしはなぜか何度もうなずいていた。

彼の遺灰を記憶する指先が、ふたたび震えだす。彼がかつてのように穏やかな顔でわたしを見つめている。ずっと前に、人生の岐路に傷も追憶も刻むことなく人の何倍ものスピードで駆け抜けてきた巨人の女を見つめていた、あの切ない表情だった。鍾路《チョンノ》と光化門《クァンファムン》を行き来しながら歳《とし》を重ね続けていた二十歳のわたしを抱いてくれた、あの温和な顔だった。わかっていた。あの頃、女は、彼が彼女を見つめるときだけは、かつての小さな世界に戻ることができたということも、女の心の中には錆びついていない門と健やかな一本の木があったということも、わたしにはわかっていた。わかっていたけど、すべてわかってはいたけれど、わたしは長い間、彼を憎んでいた。わたしは女のように彼だけを介して世の中を見ることなどできず、母親のように彼のために自分の人生を投げ出す自信もなかった。

わたしはそして、彼の幻影に両手の拳を振り上げる。もういや！　もううんざり！　わたしの拳はいつまでも空《くう》を切り、泣き叫ぶ。

お嬢さん、あの子を悪く思わないでちょうだい。思えばあの子もかわいそうな子だよ。小さいときからきょうだいにいじめられてね。一緒に育てたほかの子どもたちは、血のつながりがないからってみんな知らん顔だったけど、あの子だけは病院に連れていって手術も受けさせてね……、あんな親孝行はいないさ。

向こうで初老の女性が目を潤ませてわたしを見つめている。その潤んだ瞳を見ると、わたしは鳥島に撒いてきたひと握りの灰について語ることができない。彼が母親を救うために多額の借金を背負い、借金のせいでこの世の最果ての空間に閉じ込められていたことも言えない。

彼は中国に行ったんです。急に、本当に急に行くことになって。当分の間は、すみません。ここにも来られないと思います。それにわたしも……わたしも向こうに行って……。

女性は、最後まで言えないわたしに、大丈夫、と言う。どこにいても元気ならそれでいいと言いながら、背中をさすってくれる。わたしはまたもなぜか何度もうなずき、女性が注いでくれるお酒を受ける。指輪に触れながら深く息を吸い込むたびに、彼のことが心配にならなかったわけではない。寒い所で冷たい風に吹かれ、社交性もなく口下手でもある彼は、何を楽しみに日の出を待つのだろうか。わたしは二杯目のお酒を飲み干す。黒い雨粒がぽとぽと落ち、ふたたび杯《さかずき》を満たす。一度降りだした雨はしだいに激しく肌を濡らしていく。雨なのか海水なのか区別のつかない荒々しい水の流れがふたたびわたしに襲いくる。お酒のせい、わたしはそっとささやく。これはすべてお酒のせい……。明日になれば、酔いから醒めれば、わたしの体は鳥島の周りの穏やかな波の上を遊泳するように、ゆったりと波に体を預けているはずだ。その地で、鳥や虫たちが小さな巣を作り宿れるような一本の木が、じっとわたしを待っているとしても、わたしは驚かない。

わたしはまたも顔をしかめ、左右に寝返りを打つ。左に向くと、彼の生涯はふたたび白い灰となり、果てしなく遠い場所に飛んでいってしまう。横たわったまま少しずつ目を開く。ぼんやりとシルエットが現れ始めると視界の端と端が渦を巻き、やがて像になる。そっと上半身を起こしてみる。そのとき、何かにつかまれていることに気づき、周囲を見回す。わたしを捕《と》らえていたのは注射針だった。腕に刺された注射針はガートル台のてっぺんにぶら下がった点滴につながっていた。透明な管を通って液体が一滴一滴落ちてくる。

——気がついたようですね。

声がする方へ渋面《しぶつら》を向ける。その瞬間、青い塊に見える誰かがわたしの額の上に手をのせる。

——まだ熱があるわね。もう一度、熱を測りましょう。

青い看護師の制服を着た中年女性がわたしの脇に硬い体温計を挟む間、わたしはそうするべきであるかのように従順に両目を閉じる。看護師の胸に抱かれてふたたびベッドに寝かされると、ぼそっと尋ねる。

——ここ、どこですか?

——病院です。覚えてないはずですよ。気を失って運ばれてきたので。

看護師の声は思いのほか乾いた事務的な声だった。片手に抱えたチャートに何かを書き込む看護師の目は疲れていた。しかしわたしには訊きたいことがある。わたしがどのように夢から目覚めたのか、なぜここまで運ばれてきたのか、そして何よりも女はどうなったのか、訊きたいことだらけだ。

――本当に運が良かったわね。ちょうど近くにあなたを目撃した人がいたようで。それに最近は警備が厳重になってて、軍人さんたちが巡回してたそうよ。あなたを助けるために二十人もの青年たちが命がけで夜中の海に飛び込んだって話よ。明日退院したら、お礼言った方がいいわね。そうそう、保護者の連絡先教えてくださいね。

結局、何も訊けないままわたしはそっと背を向けた。自分に着せられているぶかぶかの白い患者衣がようやく目に入った。背後からこちらを見下ろしているであろう看護師の視線を感じ、わたしは小さな声でささやく。

――お金なら……ありますから。

しばらくして看護師の足音が遠ざかると、ふたたび目を開け向き直る。鼻を突く消毒薬のにおいにふたたび眩暈を覚える。わたしは上半身を起こし、膝を抱える。

浜辺のカップルたちが全員、心中を図ったと言われても信じてしまいそうなほど、救急病棟には人が多かった。窓のブラインドの隙間から、ひと筋の光が病室に差し込む。それほど長い間眠っていたわけではないようだ。ふと、いまからでも海に行ったら女に会えるかもしれないと思うと、居ても立ってもいられなくなった。一瞬のためらいもなくベッドの下に両足を下ろし、脇に挟まれた体温計を外して腕に刺さった点滴の針を抜く。針が刺さっていた所に紅い血が滲む。向かいのベッドで足にギプスをし、寝たままみかんを食べていた中年の女が目を丸くする。わたしは血を垂らしながら立ち上がる。看護師の目を盗んで廊下に出ると、体の一部が抜け出してしまったかのようで、歩くのもやっとだ。

どうにか一歩ずつ足を踏み出し、ロビーの方へと向かう。あと数歩の所では回転ドアが風で揺れている。夢ではなかったことを証明している雨粒が、ガラスの回転ドアを伝って流れている。ドアが回転するたびに、アスファルトを濡らした雨の臭気がわたしのもとへひと足飛びに駆けてくる。

わたしは足早に回転ドアをめがけて進む。扉に近づくにつれ、かすかな嘆声がこみ上げてくる。ついに回転ドアに両手が届くと、吸い込まれるように女を見つめる。

どれだけ探したか……。

ほんとに……どれだけ会いたかったか。

女に再会したらどうしても話したいことがあった。ひょっとするとわたしは、女にその話がしたくて旌善《チョンソン》と鳥島《チョド》から戻ってきたのかもしれない。とにかく誰かにあのことを伝えるべきだったから、ここまで女を連れてきたのかもしれない。生唾を呑み込み、女のぼんやりした目に焦点を合わせる。女はわたしのどんな話でも包み込んでくれるような、ようやく本物の巨人のような目でわたしを見つめ返す。

かつて、二十歳の春、ひと月に一度、父が収監されている拘置所にタオルや靴下、布団などを送るたびにわたしは、その内側に布を縫いつけておいた。その中には布でぐるぐる巻きにして丸くなった剃刀《かみそり》の刃が入っていた。時間は苦痛を数値化したものとなり、過去が悪夢となって苛《さいな》まれる囚人にとって、薄っぺらな刃《やいば》さえ致命的な誘惑になることを知っていた。タオルを広げ、靴下を履くたびに、横になって布団をかけて瞼を閉じるたびに、父は何を思っただろうか。酒を飲んでいない穏やかな父は、陽の当たらない監獄の隅に横たわり、どれほど自分の人生を後悔しただろうか。結局、父はそれからひとつの季節を越すことなく命を絶った。ただ、わたしが忍ばせておいた剃刀の刃ではなく、持病だった高血圧と肝硬変を選んだだけだった。早朝に倒れた父は、二度と目を覚ますことはなかった。倒れた父の顔は、瞑想しながら眠ってしまった人のように、とても穏やかだったそうだ。まるで、バスが転覆して大関嶺《テグアルリョン》の高速道路に投げ出された、あの人の安らかな顔のように。ひと月後、家に送られてきた父の遺品の中には、わたしがつけた縫い痕はどこにも見当たらなかった。あの人のばらばらになった体にも、わたしが封印しておいた不幸な記憶など遺されていなかった。そのときのわたしも、その消滅した痕跡たちにどう向き合うべきか、わからなかった。母と伯母はやはり何も教えてくれようとはしなかった。わたしはただ、父が不法に絞り上げた利息と彼が背負った借金を、給料と借家の保証金《チョンセ》で支払っただけだ。父に騙された債務者たちの憤懣《ふんまん》と、お金を貸した銀行からの脅迫は、彼らが去った後にようやく鎮まった。それからは、名を叫び、罵声をあげて書類を投げつける人々も遠のいていった。

女が笑う。少し遅れて女の笑顔に気づき、微笑み返す。女のように体を震わせ、女のように咳をする。指を一本上げ、ガラスを曇らせた白い息を拭くと、細い雨脚の下で女の丸い唇が映る。小さな雨粒が女の頬を伝って落ちる。わたしは女の頬に留まる雨粒を手の甲でそっと拭う仕草をする。女がわたしと同じようにしゃがむ。わたしの背丈に合わせて座り、自分の額をわたしの額に重ねる。女とわたしの肩、両手、そして膝がつくほど近づく。冷たいガラス越しにやがて、温かな息と体温が伝わる。

――ちょっと、こんな所で何してるんですか。

そのとき、後ろから背中をつままれた。わたしの背中は針で釣られるように持ち上がる。あがいてみるも、女との距離は広がる一方だった。遠のく女にわたしは訊いてみたかった。これからわたしはどこへ行くべきか、どこへ向かうべきなのか、心から訊いてみたいと思った。ぐらつく回転ドアの向こう、数十人にも映る女が自分と同じようにもがく姿を、わたしは胸を痛めながら見つめる。

ふたたび、ナツメの木の家

バスが水色検問所《スセク》を過ぎ、水色橋《スセクキョ》のバス停を通り過ぎると、慌てて女とバスを降りた。少し前まで跨線橋《クルムダリ》と呼ばれていた水色橋だが、拡張工事により街のとば口を二倍は広くした。バスを降りて家の方角に歩き始めたが、ふと足を止めた。水色橋のバス停には、女を迎えにきたかのように女の祖母がぽつんと座っていた。焦点の定まらない目で通り過ぎる人々を見上げていた彼女は、わたしと女を見つけるなり立ち上がる。老いのせいか、潤んで見える彼女の瞳は黄昏時の橙色《だいだいいろ》に染まっていた。

こちらに歩いてきてわたしの手をつかむ彼女の手はかさかさだ。女の祖母は、わたしが四日間も女の面倒を見ていたと信じて疑わない様子だ。何度も礼を言いながらその節くれだった手でわたしの肩、腰をさする彼女の前で、わたしはまたもなぜか何度もうなずいてみせる。きっと、家を修理し、薬を買ってきてくれた彼にも、こんなふうに心の底から謝意を示したはずだ。はにかみながらも、背を向けるとつらそうな顔で何かに思いを馳せる彼の姿が、いまのわたしには容易に想像できる。

いつものように拒絶する女を、女の祖母が引っ張る。わたしは道路に飛び出し、タクシーを呼び止めた。財布から一万ウォン札を二枚出して運転手に渡し、後ろのドアを開ける。女は純真な目でわたしに瞬きすると、タクシーの方へと歩いてくる。女の祖母はタクシーに乗るまでずっと、もう行くようにと手でわたしに合図をしていた。

タクシーが走りだしてからも、女は後部座席の窓ガラスに大きな顔をつけたまま、無言で別れのあいさつを続けた。遠のく女はたしかに、笑っていた。去りゆく女を見つめながら、女にわたしの進むべき道を訊いていなかったことに気づく。タクシーが、女の顔が見えなくなるまで、私はその場を離れない。またいつか会うとき、女はたどたどしくどもりながらでも、わたしが向かうべきその道を教えてくれるかもしれない。

ふたたびひとり取り残されたわたしは、人々が行き交う通りに佇み、周囲を見渡す。いつの間にか薄闇が降りていた通りの街路灯には、オレンジ色の明かりが一つ二つと灯っていた。しばらくしてようやく、誰かに背中を押されたかのようにゆっくりと水色橋へと歩を進め、線路に並ぶ列車を見下ろす。駅舎前に立つ夜間照明塔から放たれる光に目が眩《くら》む。両目をぎゅっとつぶり、開けてみる。すると照明塔の光は華やかな爆竹に変わり、駅の周りは美しい舞台に様変わりする。間もなくあの美しい舞台から発車する列車を、わたしは息を凝らして待ちかまえる。爆竹が爆《は》ぜる路を辿って走る列車はどこに行き着くのだろう。だが、いくら待っても列車の車輪の音は聞こえてこない。その代わり、どこからともなくカーンカーンと鳴り響く金属の摩擦音がする。そのとき、ずっと欄干を叩いていた自分の指をぼんやり見下ろす。金属の摩擦音は指輪が欄干にぶつかる音だった。手を上げて薬指の指輪にゆっくり目を落とす。荒波の中でも、どしゃ降りの中でも、指輪はわたしの体から離れられなかったようだ。体重が減ってからは指も細くなった。わたしは二年に一度、アクセサリーの専門店に行き、ワンサイズずつ指輪を縮めた。もう減らす体重も残っていなかったのか、いつからか、指輪を直さなくても指にぴったり収まった。ところどころ金メッキが剥がれている指輪の内側は、これまでわたしの指を、いや、からだじゅうを少しずつ蝕《むしば》んでいったはずだ。

八本の列車が通り過ぎたり出発していくのを見届けて、ようやくその場を後にした。近くにワールドカップ競技場ができて跨線橋が水色橋に拡張されると、この近辺では絶えず建物を建設する工事が行われている。都会のビルにどうしても馴染めなかった彼だ。まだここで暮らしていたとしても、もうこの街で暮らすのは限界だったはずだ。足は自ずと地面を掘り起こしてある空き地の方へ向かう。そこでは、昼間の労働者が置き去りにしていった貨物トラックやミキサー車、ショベルカーたちが息を殺してわたしを待っていた。今日に限って、大きな銀杏《いちょう》の木の下でたむろしてタバコを吸いながらわたしの足を横目でちらちら見ていた老人たちの姿も見えない。

探していたノコギリは山積みの煉瓦《れんが》の裏にあった。ノコギリを胸に抱えて空き地から出ると、ナツメの木の家をめがけて進む。家へと続く二車線道路の両側には、あの銀杏の木がびっしり並んでいる。女くらいに背の高い街路樹たちは、しだいにスピードを上げながら駆け抜けるわたしに、わたしが進んでいる、進むべき道の方向を教えてくれている。

錆びついた赤い鉄製の門は変わらずそこにあった。門を開けて入り、リュックを庭の真ん中に下ろす。ナツメの木の乾いた枝たちは、体をぶるぶる震わせ始める。近くまで行き、まばらに樹皮がめくれている根元に片手で触れてみる。力が入っていたのか、ノコギリを握っていたもう片方の手が汗ばむ。

ほどなく、わたしは歯をくいしばり、ぎこちない構えでノコギリを動かし始める。刃が中に入るにつれ、木は少しずつ内皮を現し傾いていく。すでに息絶えているにもかかわらず、木は枝を震わせ苦痛に喘いでいる。ついに完全に切り倒された木のてっぺんは塀に当たり、やがて地面に落ちて門の入り口をふさぐ。ノコギリを下ろし、切り倒された木の切り株に腰を下ろして額に噴き出した汗を拭きながら大きく深呼吸する。

そのときだった。なぜか湿り気を感じ、胸に衝撃を覚える。そうっと、手をお尻の下に入れてみる。その瞬間、心臓の鼓動が耳の中を突き抜ける。即座に腰を上げて平らな切り株をじっと見下ろした。

薄茶色の根株の上に白い樹液が一滴一滴と湧き上がっていた。

ナツメの木は死んではいなかったのだ。ただ、死んだふりをしていただけだった。ゆっくりと跪《ひざまず》き、湿ったナツメの木の根株に片頬を当ててみる。力いっぱい息を吸い込むと、ナツメの木の家ごとわたしの体内にゆっくりと入り、美しい花を咲かせ、立派なナツメの実をつける。わたしは瞼を閉じたまま、長い間、生きている木の息遣いに耳を傾ける。

いつしか閉じた瞳にも熱い樹液を湛《たた》えていた。

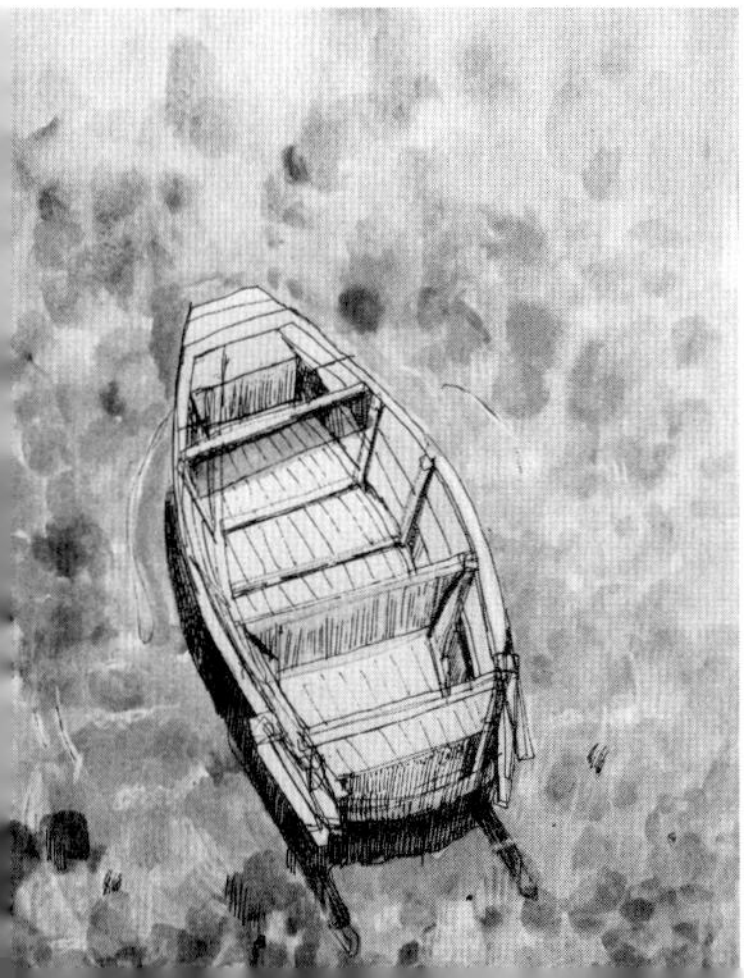

作家のことば

新人賞受賞の知らせが届いた日のことが思い出される。

大学路《テハンロ》で演劇を観て家に帰った日だった。思ってもみなかった受賞を知らせる電報を何度も何度も読み返し、買ってきたビールを大事に飲みながら夜中を迎え、まるで雲の上にいるような気分だった。

その年の暮れ、新人賞受賞作が掲載された文芸誌主催の祝賀パーティを兼ねた忘年会が開かれた。周囲に背中を押される形でしかたなく前に出て、たった二つの文章からなる、ほんの短い感想を述べもした。

不思議だった。

恥ずかしくはあってもたしかに素敵な瞬間だったはずなのに、ふたたび席に着こうとした刹那、予想だにしなかった強烈な悲しみに襲われた。その悲しみの正体はなんだったのか、後になって少しずつ理解するようになった。その過程は私にとって、いわゆる〝部屋ごもり〔思索〕の時間〟だったということも。

つらいけれど幸せで、幸せではあるけれど不安だった三十歳以降の時間を執筆とともに過ごしてきたことは、それでも私にとって大きな慰めである。さらなる慰めは、今後も書き続け、また別の〝部屋〟にこもる時間が持てるということだ。


伝えたかった。

読者と親《ちか》しい作家になって、文章と文章の間の余白が、ふと立ち止まって振り返るきっかけになるような小説が書きたかったと。それから、読んでいて愉しい気持ちになれる、読んだ後にたった一行でもいいから記憶に残る小説を書きたかったと。ずっとそう思っていたと。

そして今日は、こうしたためようと思う。

感傷をなくし、稚気《ちき》を抑え、深みを探求する作家としてゆっくりと歳《とし》を重ねていきたい、と。あるいは、あなたとともに歳月を積み重ねながら老いていき、そしてついにはそんな小説にたどり着くことを願っていると。そのはじめの一歩をそっと見守ってくださった民音社《ミヌムサ》の皆さん、本書の刊行に力を貸してくださった多くの方々に、いまこの瞬間に感じているありったけの気持ちをお伝えしたい。

二〇〇八年九月
チョ・ヘジン

日本の読者の皆さんへの手紙

――世の中は変わらなくとも、人の心は動くものだから

十八年前、私は幸運にも夢見た小説家になれました。しかし新人の私の作品に目を留めてくれる出版社はありませんでした。デビューして三年の間に単行本一冊分の原稿を書き上げていましたが、当時の私はそのまとまった原稿をどうすればいいのかわからず、その後も数か月間は原稿を鞄《かばん》の底に忍ばせたまま、これからも作家を続けられるのか、不安な日々を過ごしていました。ある出版社に原稿を郵送するまでに数か月もの時間を要しましたが、郵送したその翌日、驚いたことに出版社から契約したいという電話をもらいました。

編集者は遅くまで残って原稿を読んでくれたようで、電話が鳴ったとき、窓の外はすっかり暗くなっていました。どういうわけか、私はその日、当時勤めていた職場にひとり残っていました。短い電話を終えると、体の芯まで凍りついたように、椅子に座ったまま身動きが取れなくなっていました。その電話の意味に気づくまでに、おそらく数分はかかったはずです。私の書いた本が

世に出るということ、行ったこともない街の図書館や書店に自分の小説が並ぶということ、会ったこともなく、存在すら知るべくもない人々に書店や図書館、あるいは自室で、私の文章を読んでもらうことが実現するのだ……。そのことに気づくと、悦《よろこ》びに打ち震えました。純粋な悦びでしたが、単なる悦びとは違った、心の底から沸き起こる強い感情でした。胸の高鳴りを抑えきれず、事務所から廊下に出て何度も何度も往復したことを覚えています。

その日、廊下の窓の外に見えた上空には、ひょっとすると宇宙船が浮かんでいたかもしれません。

すべてが現実離れした日でしたから。

そうして二〇〇八年に私の初の小説集『天使たちの都市』が刊行されました。

今年は二〇二二年なので、あれから十四年の月日が流れたのですね。すでに新人作家と呼ばれる年齢ではなくなり、いまでは出版を前提として小説を書けるだけのキャリアも積んできました。それだけに本が刊行される悦びは、以前ほどではなくなっていたかもしれません。そんな折、この『天使たちの都市』の日本語版が刊行されるという知らせが届きました。その日、私は新人の頃に戻り、あの日の夜のことを思い出しました。そう、あの夜の悦びのことをです。あの日は我が人生の中でも最高の一日だったはずですが、長い間、忘れていたように思います。

その心震える悦びをふたたび呼び起こしてくださった翻訳家の呉華順さんにお礼申し上げます。呉華順さんの本書への愛情とご尽力がなければ、『天使たちの都市』はもうしばらく私の心の奥に置き去りにされたままだったかもしれません。本書の日本語版の出版をサポートしてくださいました韓国文学翻訳院と、出版に踏み切ってくださった新泉社の安喜健人さんにも厚く感謝申し上げます。私がまだ一度も訪れたことのない日本の都市にある本屋さんや図書館、あるいは読書にぴったりの空間で本書を手に取って読んでくださる、まだ見ぬ日本の読者の皆様にもお礼を言いたいです。使っている言語、慣れ親しんだ文化は違っても、私たちはいつでも文学作品の文章によってつながることができるはずです。分かち合い、共感できる、そんな文学の広場では、私たちはいつだって自由なのですから。

私はアニメの宮崎駿監督のファンですが、いつかこんなシーンを見たことがあります。彼は息子さんが手がけた初の作品を観ると、納得していない顔つきで自宅に戻り、お連れ合いに「『この一本で世の中を変えてやる』くらいの意気込みがないと。かといって実際に世の中が変わるわけではないけれど」というようなことをおっしゃっていました。そのシーンを見て、私はこれまで、たった一人の読者でも心が動いてくれれば、そんな思いで小説を書いてきたことに気がつきました。

その気づきを心に刻み、
あらためてすべての方々に謝意を表します。

二〇二二年　冬がもうそこまで来ている暮秋、ソウルにて

チョ・ヘジン

訳者あとがき

――一人ひとりの宇宙が発する幽かな光を紡いだ七編

本書は二〇〇八年に韓国で出版された、チョ・ヘジン（조해진）の作品集『天使たちの都市（천사들의 도시）』（民音社《ミヌムサ》）の全訳です。

訳者が原作と出合ったのは、数年前、深い悲しみの中にいた頃でした。心にぽっかりと大きな穴が空いてしまったようで、ぼんやりした日々を過ごしていました。そんなとき、偶然目にした本のタイトルに〝天使たち〟という文字を見つけ、その言葉に導かれるようにして手に取っていました。

心のどこかで天界にいる天使たちのおとぎ話のような物語を期待してページを繰ると、そこにあったのは、地球という惑星の片隅で、社会から零《こぼ》れ落ちそうになりながらも必死に生きる〝人間たち〟の姿でした。

＊　　＊

チョ・ヘジンは二〇〇四年に本書収録作品「女に道を訊く」で文芸中央新人文学賞を受賞し、二〇〇八年に初の作品集となる本書『天使たちの都市』を発表した。初の作品集にして韓国文学芸術委員会により二〇〇九年の優秀文学図書に選ばれている。その後、北朝鮮を脱し、ベルギーに渡った青年の足跡を辿る長編小説『ロ・ギワンに会った』（二〇一一年）で申東曄《シンドンヨプ》文学賞を、短編集『光の護衛』（二〇一七年）で白信愛《ペクシネ》文学賞を、韓国で生まれ、フランスに養子に出された女性の視線で生命の尊さを描いた『かけがえのない心』（二〇一九年）で大山《テサン》文学賞を受賞。他にも若い作家賞、李孝石《イヒョソク》文学賞、無影《ムヨン》文学賞など、韓国の名だたる文学賞を次々と受賞し、チョ・ヘジンはいまや名実ともに韓国の文壇をリードする女性作家の一人となっている。

　これまで長編、短編を問わず数多くの作品を執筆しているが、文学賞受賞作品集やアンソロジーなどを含めると、デビュー以降ほぼ毎年、作品を発表している。その中で彼女が一貫して描き続けているのは、自ら声をあげる術《すべ》を知らない、あるいは主張することを許されない社会的弱者の姿だ。時には公権力による暴力の犠牲者が主人公となり、またある時は日常に潜むいじめや差別といった個人と個人、個人と社会の関係の中で生まれる暴力性を告発する。歴史に翻弄された〝異邦人〟とみなされる同胞の姿もたびたび登場する。社会の一番外側に追いやられた〝他者〟

に目を向け、心の深淵に潜む感情をあぶりだす作家を、文壇では「他者の作家」と呼び、「人間の本質に直面することを恐れない真摯な情熱」と評している。その真摯な視線は作家の素朴な願いから生まれている。

「いい小説を書きたいという思いが一番ではありますが、その気持ちと同じくらい、素敵な人間になりたいとも思っています。素敵な人とはどういうことかと訊かれるかもしれませんね。私は〝優しい人〟も素敵な人に含まれると思っています。優しいだけでは小説は書けないと言われることもありますが、それでも、私は優しい人間でありたいのです。お人好しという意味ではなく、他者の見えない涙まで想像できる優しさを持つ……」

（作家チョン・セランによる著者インタビュー、「Littor」六号、民音社、二〇一七年）

『天使たちの都市』は七編の中短編小説から構成されているが、どの作品も、その根底にあるのは孤独と暴力だ。たいていは物理的な暴力というより、無知、無関心が引き起こす精神的暴力に孤独を感じている。チョ・ヘジンの作品らしく、登場人物は皆、メインストリームとはほど遠い社会の縁で、容赦なく巡ってくる毎日をなんとか消化している人々である。

主人公たちを取り巻く状況は一様に過酷だが、作家は彼や彼女たちの苦しみや悲しみを声高に描出することはせず、まるで自分のことのように淡々と、訥々《とつとつ》と表現している。「天使たちの都市」の十九歳の〈きみ〉や、「インタビュー」の主人公で高麗人《コリョサラム》三世のナターリアは韓国語がほとんど話せず、それぞれ相手との言語によるコミュニケーションは不可能に近い。たとえ同じ母語を共有していても、「女に道を訊く」の〈わたし〉の夫だった〈彼〉はどもりがちで、わたしと彼の間で会話はほとんど交わされず、彼を慕い、〈わたし〉にとっては疎《うと》ましい存在だった巨人症の女は生まれつき話すことができない。だが、「天使たちの都市」の三十二歳のわたしと十九歳のきみは互いに一生忘れられない恋をし、システムキッチンのショールームにひとり取り残されたナターリアは、自分との〝インタビュー〟という一風変わった形で誰にも語ることのなかった心の内を読者だけに明かしている。「女に道を訊く」では〈彼〉がある日突然、交通事故で死んでしまうと、〈わたし〉はこれ以上沈黙の中で生きていく意味を見失い、海で後追い自殺を図るが、そのとき浜辺から呼び止めたのは口のきけない巨人症の女だった。饒舌な言葉が介在せずとも人は心が通い、目を向けるだけで時として互いに光を見いだせることが伝わってくる。そもそも「感情を見透かした言葉などなくて、だから刹那に存在する無限大の感情は、精製されつくした果てにたった数個の単語となって不透明に、未完成のまま発話されるもの」（「天使たちの都市」）だとしたら、脳裏に浮かんでは消えていったコトバの方が大きな力を持つものなのかもしれない。だからか、表題作「天使たちの都市」の〈きみ〉に届くことのなかったラストのコトバを何度も読み返し、ずっと余韻に浸っていたくなる。

発話されなかったコトバの余韻に浸っていると、「消えた影」では「彼らは廊下や非常階段で覆面の男を目撃したとしても、通報するゆとりのない人種だ。というよりも、彼らはとにかく責任を持つという状況を回避したいのだ。（中略）彼らが恐れているのは倦怠ではなく責任。責任以上に損失を忌み嫌う」と、声をあげるべきことに目を背ける普通の人々を静かに、痛烈に批判している。「インタビュー」のナターリアが感じた冷たい視線――「数多《あまた》の人々が無遠慮に、一方的に彼女を眺めては通り過ぎていった」――や、「女に道を訊く」の巨人症の女が気づかないふりをしていた人々の視線――「男の子は小人の国に紛れ込んだ巨人を見るような目で、不思議そうに女を上から下までじろじろ見ている。前の十七インチのテレビでサッカーの試合を見ていた人々も、二メートルはありそうな長身の女にちらちら目を向けていた」――に対しても、作家はやはり静かに、毅然と訴える。彼女たちが求めているのは好奇の眼差しではなく、優しい眼差しであることを。

この作品集を色で表現すると、濃淡さまざまな闇色を基調にしている。「消えた影」の影さえ持つことを許されない男が自由に動けるのは、人目につかない夜半のビルの屋上だけで、「そして、一週間」の主人公は、花冷えのする四月のドイツで深夜に見知らぬ男に身を任せ、ＨＩＶウイルスに感染した。「背後に」はどんよりと曇った雪の日が背景だ。「記念写真」の元舞台女優は病で光を失い、同じマンションに住む男は冤罪で服役するが、出所後もサングラスを外せずにいる。「女に道を訊く」では雨が降る夜明け前の暗い海の中に沈んでいく。その誰もがすべてをひとりで抱え込み、感情をさらけ出せる者をもたない。自ら声をあげない（あげられない）者に救いの手を差し伸べようとする者もいない。それは現代社会の縮図を見ているようでもある。七編の作品はそれぞれ独立した物語だが、この一貫したモノトーンの色調と沈黙により、連作短編集であるかのような雰囲気を漂わせる。文芸評論家の申亨澈《シンヒョンチョル》氏は「一緒に読まれてこそより強固になる七つの物語」とし、この作品集を「他者の小説」と名付けた（原作「作品解説」より）。

モノクロームのような作品集ではあるが、読んだ後に残るのは冷気ではなく温もりだ。作品の至る所に、幸せや希望を象徴する黄色や橙色《だいだい》、情熱や生命を表現する紅《あか》や緑、優雅で尊いイメージを持つ紫、といった鮮やかな色が差し色のように添えられている。それは無機質な物語に温《おん》気《き》を吹き込んでいるようでもある。淡々とした簡潔な文体の中にも時折顔を覗かせる詩的な表現もまた、張りつめた物語の空気を和ませる。「記念写真」と「女に道を訊く」では、それぞれ互いの話に耳を傾けてくれる相手を見つけたことも救いになる。そしてなによりも、この作品集に温もりが感じられるのは、地球の片隅で〝それでも生きていく〟ことを決意した人々から発せられる、いまにも消え入りそうな幽《かす》かな光を、作家が丁寧に紡いでいるからなのだろう。

本書を通じて原作者のチョ・ヘジンさんとご縁ができたことは、訳者にとって何物にも代えがたい幸運です。

＊　＊

二〇〇八年に原作の編集を担当された新人編集者が、二〇一七年に「当時、この作品と作家に恋をしてしまった。二十五歳だった私は、周りの先輩方に『見ていてください。チョ・ヘジンさんは絶対に成功します。長く、深く、彼女にしか書けない物語を書いてくれますから』と豪語した。九年が過ぎた現在、私は『ほらね、言ったとおりでしょう』と胸を張って言えるようになった」（前出「Littor」六号）と振り返っていたのが印象的でしたが、いまの私も同じような気持ちでいます。チョ・ヘジンさんの深い作品世界は今後、きっと日本の皆さんの心にも響くはずだと……。後に知ったことですが、その新人編集者とは、いまでは『フィフティ・ピープル』や『保健室のアン・ウニョン先生』などで人気作家になられたチョン・セランさんでした。驚きとともに、若いお二人の初々しい出会いを想像するだけで愉《たの》しい気持ちになれました。

チョ・ヘジンとチョン・セラン――、いまをときめく二人の小説家を結びつけた本作品集を日本の読者の皆さんと共有できるのも、新泉社編集部の安喜健人さんのおかげです。この場をお借りして、あらためて心よりお礼申し上げます。物語のイメージにぴったりな装画と扉絵は画家のイシサカゴロウさんの作品です。使用を快諾してくださったイシサカゴロウさん、素敵な装幀に仕上げてくださったデザイナーの北田雄一郎さんにも厚く感謝申し上げます。

本書の翻訳を完成させるまでに多くの方々の支えがありました。韓国文学翻訳院の皆さんのサポート、大きな力になってくださった崔孝貞《チェヒョジョン》さん、温かく応援してくださった翻訳家の岡裕美さん、感謝の気持ちでいっぱいです。文芸翻訳というこの魅惑的な世界に第一歩を踏み出せたのは、翻訳家の姜芳華《カンバンファ》さんが背中を押してくださったからです。ここに深い謝意を表します。

本書とチョ・ヘジンさんの温かさが一人でも多くの読者のもとへ届くことを願ってやみません。

二〇二二年十一月　珍島犬《チンドッケ》の姿をした天使たちのいる坡州《パジュ》にて

呉華順

〔著者〕

チョ・ヘジン（趙海珍／조해진／Haejin CHO）

一九七六年、ソウル生まれ。

二〇〇四年、本書収録の中編「女に道を訊く」で『文芸中央』新人文学賞を受賞し、作家デビュー。デビュー以来、マイノリティや社会的弱者、社会から見捨てられた人々など、〝他者〟の心に思慮深い視線を寄せる作品を書き続けていることで〝他者の作家〟とも呼ばれ、幅広い読者の支持を得ている、現代韓国文学を代表する作家の一人。

長編『ロ・ギワンに会った』（浅田絵美訳、新泉社、近刊）で申東曄《シンドンヨプ》文学賞、『かけがえのない心』（オ・ヨンア訳、亜紀書房）で大山《テサン》文学賞、『完璧な生涯』で東仁《トンイン》文学賞、短編集『光の護衛』で白信愛《ベクシネ》文学賞、短編「散策者の幸福」で李孝石《イヒョソク》文学賞など、数々の文学賞を受賞。

〔訳者〕

呉華順（オ・ファスン／오화순／Hwasun OH）

一九七三年、東京生まれ。

青山学院大学法学部卒業。慶熙《キョンヒ》大学大学院国語国文科修士課程（戯曲専攻）修了。

著書に、『なぜなにコリア』（共同通信社）。訳書に、ソン・スンホン『旅立ち』（エキサイト）、ホン・ファン『準備していた心を使い果たしたので、今日はこのへんで』（扶桑社）など。共訳書に、『韓国文学の源流　短編選1　1918―1929　B舎監とラブレター』（羅恵錫《ナヘソク》「瓊姫《キョンヒ》」、羅稲香《ナドヒャン》「唖の三龍」、書肆侃侃房）、『韓国文学の源流　短編選3　1939―1945　失花』（李孝石《イヒョソク》「哈爾濱」、蔡萬植《チェマンシク》「冷凍魚」、書肆侃侃房）など。

韓国文学セレクション
天使たちの都市

2022年12月15日　初版第1刷発行©

著　者＝チョ・ヘジン（趙海珍）
訳　者＝呉華順
発行所＝株式会社 新 泉 社
〒113-0034 東京都文京区湯島1-2-5　聖堂前ビル
TEL 03 (5296) 9620　FAX 03 (5296) 9621
印刷・製本　萩原印刷
ISBN978-4-7877-2223-2 C0097 Printed in Japan

韓国文学セレクション

イスラーム精肉店

ソン・ホンギュ著　橋本智保訳　四六判／二五六頁／定価二一〇〇円＋税／ISBN978-4-7877-2123-5

朝鮮戦争の数十年後、ソウルのイスラーム寺院周辺のみすぼらしい街。孤児院を転々としていた少年は、精肉店を営む老トルコ人に引き取られる。朝鮮戦争時に国連軍に従軍した老人は、休戦後も故郷に帰らず韓国に残り、敬虔なムスリムなのに豚肉を売って生計を立てている。家族や故郷を失い、心身に深い傷を負った人たちが集う街で暮らすなかで、少年は固く閉ざしていた心の扉を徐々に開いていく。

韓国文学セレクション

きみは知らない

チョン・イヒョン著　橋本智保訳　四六判／四四八頁／定価二三〇〇円＋税／ISBN978-4-7877-2121-1

韓国生まれ韓国育ちの華僑二世をはじめ、登場人物それぞれのアイデンティティの揺らぎや個々に抱えた複雑な事情、そしてその内面を深く掘り下げ、社会の隅で孤独を抱えながら生きる多様な人々の姿をあぶり出していく。現代社会と家族の問題を鋭い視線で描き、延辺朝鮮族自治州など地勢的にも幅広くとらえた作品。

韓国文学セレクション

ギター・ブギー・シャッフル

イ・ジン著　岡　裕美訳　四六判／二五六頁／定価二〇〇〇円＋税／ISBN978-4-7877-2022-1

新世代の実力派作家が、韓国にロックとジャズが根付き始めた一九六〇年代のソウルを舞台に、龍山《ヨンサン》の米軍基地内のクラブステージで活躍する若きミュージシャンたちの姿を描いた音楽青春小説。朝鮮戦争など歴史上の事件を絡めながら、K－POPのルーツといえる六〇年代当時の音楽シーンの混沌と熱気を軽快な文体と巧みな心理描写でリアルに描ききった、爽やかな読後感を残す作品。

韓国文学セレクション

さすらう地

キム・スム著　岡 裕美訳　姜信子解説

四六判／三一二頁／定価二三〇〇円＋税／ISBN978-4-7877-2221-8

一九三七年、スターリン体制下のソ連。朝鮮半島にルーツを持つ十七万の人々が突然、行き先を告げられないまま貨物列車に乗せられ、極東の沿海州から中央アジアに強制移送された。狭い貨車の中でひそかに紡がれる人々の声を物語に昇華させ、定着を切望しながら悲哀に満ちた時間を歩んできた「高麗人《コリョサラム》」の悲劇を繊細に描き出す。東仁《トンイン》文学賞受賞作。

韓国文学セレクション

舎弟たちの世界史

イ・ギホ著　小西直子訳

四六判／三四四頁／定価二二〇〇円＋税／ISBN978-4-7877-2023-8

一九八〇年に全斗煥《チョンドゥファン》が大統領に就任すると、大々的なアカ狩りが開始され、でっち上げによる逮捕も数多く発生した。そんな時代のなか、身に覚えのない国家保安法がらみの事件に巻き込まれたタクシー運転手ナ・ボンマンは、政治犯に仕立て上げられてしまい、小さな夢も人生もめちゃくちゃになっていく。軍事政権下の不条理な時代に翻弄される平凡な一市民の人生を描いた悲喜劇的な秀作。韓国でロングセラーの話題書。

韓国文学セレクション

我らが願いは戦争

チャン・ガンミョン著　小西直子訳

四六判／四九六頁／定価二五〇〇円＋税／ISBN978-4-7877-2122-8

北朝鮮の〈金王朝〉が勝手に崩壊する——。韓国で現在、最善のシナリオとみなされている状況が〝現実〟になった後の朝鮮半島という仮想の世界を舞台に繰り広げられる社会派アクション小説。朝鮮半島の実情や人々の認識、社会的背景がよく反映され、大部の長篇ながらも読者を一気に引き込む力を持つ力作。

韓国文学セレクション　夜は歌う

キム・ヨンス著　橋本智保訳　四六判／三二〇頁／定価二三〇〇円＋税／ISBN978-4-7877-2021-4

詩人尹東柱《ユンドンジュ》の生地としても知られる満州東部の「北間島《ブッカンド》」（現中国延辺朝鮮族自治州）。

現代韓国を代表する作家キム・ヨンスが、満州国が建国された一九三〇年代の北間島を舞台に、愛と革命に引き裂かれ、国家・民族・イデオロギーに翻弄された若者たちの不条理な生と死を描いた長篇作。

韓国でも知る人が少ない「民生団事件」（共産党内の粛清事件）という、日本の満州支配下で起こった不幸な歴史的事件を題材とし、その渦中に生きた個人の視点で描いた作品。極限状態に追いつめられた人間は精神の自由を保ち続けられるのか、人間は国家や民族やイデオロギーの枠を超えた自由な存在となりえるのか、人が人を愛するとはどういうことなのか、それらの普遍的真理を小説を通して探究している。

韓国文学セレクション　ぼくは幽霊作家です

キム・ヨンス著　橋本智保訳　四六判／二七二頁／定価二二〇〇円＋税／ISBN978-4-7877-2024-5

九本の短篇からなる本作は、韓国史についての小説であり、小説についての小説である。

キム・ヨンスの作品は、歴史に埋もれていた個人の人生から〈歴史〉に挑戦する行為、つまり小説の登場人物たちによって〈歴史〉を解体し、〈史実〉を再構築する野心に満ちた試みとして存在している。

本作で扱われる題材は、伊藤博文を暗殺した安重根、一九三〇年代の京城（ソウル）、朝鮮戦争に従軍した老兵士、延辺からやって来た中国朝鮮族の女性、そして現代のソウルに生きる男女などである。だが時代背景を忘れてしまいそうなほど、そこに生きる個人の内面に焦点が当てられ、時代と空間はめまぐるしく変遷していく。彼の作品は、歴史と小説のどちらがより真実に近づけるのかを洞察する壮大な実験の場としてある。

韓国文学セレクション

詩人 白石《ペクソク》

寄る辺なく気高くさみしく

アン・ドヒョン著　五十嵐真希訳

四六判上製／五一二頁／定価三六〇〇円＋税／ISBN978-4-7877-2222-5

尹東柱《ユンドンジュ》と並び、現代韓国で多くの支持を集め続ける詩人、白石。一九三〇年代、植民地下にあっても人々の生活に息づく民族的伝統と心象の原風景を美しい言葉遣いで詩文によみがえらせて一世を風靡した。本書は、韓国を代表する抒情詩人である著者が、敬愛してやまない白石の詩・随筆とその作品世界の魅力を余すところなく伝え、波乱に満ちた生涯を緻密に再現した、韓国で最も定評あるロングセラー評伝である。

目の眩んだ者たちの国家

キム・エラン、キム・ヨンス、パク・ミンギュ、ファン・ジョンウンほか著　矢島暁子訳

四六判上製／二五六頁／定価一九〇〇円＋税／ISBN978-4-7877-1809-9

傾いた船、降りられない乗客たち――。国家とは、人間とは、人間の言葉とは何か。韓国を代表する小説家、詩人、思想家たちが、セウォル号の惨事で露わになった「社会の傾き」を前に、内省的に思索を重ね、静かに言葉を紡ぎ出した評論エッセイ集。

海女たち

愛を抱かずしてどうして海に入られようか

ホ・ヨンソン詩集　姜信子・趙倫子訳　四六判／二四〇頁／定価二〇〇〇円＋税／ISBN978-4-7877-2020-7

済州島《チェジュド》の詩人ホ・ヨンソン（許榮善）の詩集。日本植民地下の出稼ぎ・徴用、解放後の済州四・三事件――。現代史の激浪を生き抜いた島の海女ひとりひとりの名に呼びかけ、語りえない女たちの声、その愛と痛みの記憶を歌う祈りのことば。作家・姜信子の解説を収録。